俺だけ使える
古代魔法
基礎すら使えないと追放された俺の魔法は、
実は1万年前に失われた伝説魔法でした
Written by Atoha
アトハ
Illustration
片倉響
02

CONTENTS

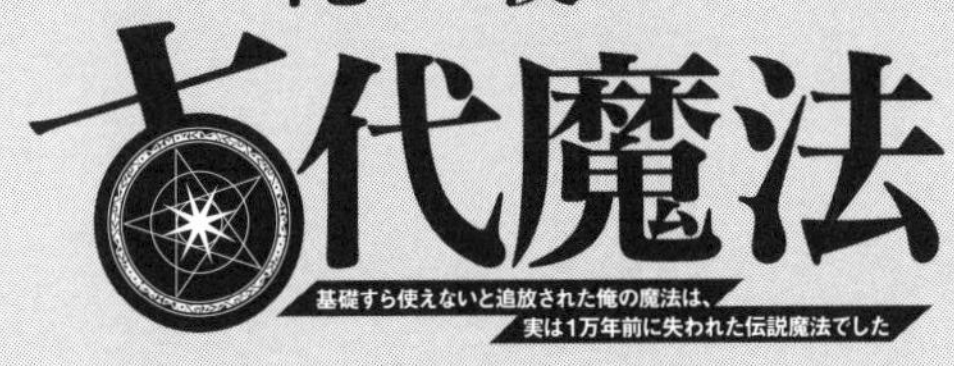
俺だけ使える
古代魔法
基礎すら使えないと追放された俺の魔法は、
実は1万年前に失われた伝説魔法でした

プロローグ

プロローグ

一人の男が、丘に立ち景色を見下ろしていた。

時代は移ろいゆく。かつてクワドラプルの魔術師として名を馳(は)せた男は、ひっそりと姿を隠し、今は穏やかな顔で風を全身で感じていた。

変わってしまったものと変わらぬもの。

男の顔に刻まれた皺(しわ)の数が。白髪交じりの髪が、その年月を証明していた。

「やっぱり、こうなることは避けられなかったか」

誰に宛てたでもない静かな呟(つぶや)き。

常に最悪に備えてきた。

最悪ではないが、最善でもない。

掴み取ったのは、そんな平凡な現実だ。

「薄々、わかっていたんじゃろう？　この未来が来ることは」

思わぬ返事をもらい、男は驚き振り返る。

視界に入ったのは、蒼(あお)の和衣装に身を包んだ狐耳(きつねみみ)の少女の姿。

「久しいな、プリシラ」

「ふん。相変わらず陰鬱(いんうつ)とした顔をしおって」

「常に最悪に備えるぐらいでちょうど良い。おまえは楽観視が過ぎる」

「ジークフリート、お主はそういう奴じゃったな」

少女――プリシラの言葉に、男――ジークフリートはため息をついた。

ジークフリートとプリシラは、とある秘密を共有する同士だ。その目標のために協力関係にあり、この関係はかれこれ二十年ほど続いている。

「どうだ、プリシラ。おまえが立ち上げた魔術師組合は――」

「駄目じゃな。どいつもこいつも頭が凝り固まっておる。ろくな進歩も望めん」

吐き捨てるように口にするプリシラ。

優秀な人物を集め、失われた魔法の発展のために作り出した魔術師組合。気がつけば家柄やコネが物言う世界に姿を変え、理想を追い求めることは困難になっていた。

「そういえば君が面倒を見た少年が、『無のクワドラプル』として認定されたようじゃな」

プリシラが、話題を変えにかかる。

否、それこそが本題か。幼少期にオリオンに魔力制御を教え、師匠と慕われる老人は、ジークフリートが変装した姿であった。

「ふん、よくもぬけぬけと。最終決定権はおまえにあったのだろう？」

プリシラの言葉に、ジークフリートが苦虫を噛み潰したような顔をする。

「だとしても、じゃ。彼がそれに見合う実績を残したのは事実じゃ」

数年前、ジークフリートは一人の少年に教えを施した。マナが見えるという特殊な才能を持つがゆ

え、疎(うと)まれていた少年――名はオリオン。

その力を使いこなせば、やがて失われた魔法体系に行き着くことはわかっていた。

またたく間に実績を残し、やがては英雄の名をほしいままにするのは必然――しかし、まだ早すぎる……、そうジークフリートは考えていた。

「できれば平穏に暮らしてほしいと願っていたんだがな……」

「それは無理な相談じゃ。彼のような存在を、運命が放っておくことはないじゃろうからな」

ジークフリートの祈るような言葉を、プリシラがあっさり切り捨てる。

世界から魔法が奪われて一万年。たしかに人類は、代替案としての魔法を生み出すことに成功した。

それでもオリジナルと比べるべくもない。失われた技術を再現しつつある少年――その特異性は、人類の今後を大きく左右する。彼らは、そう確信していた。

「これから、モンスターと人間の関係は変わっていく。そうじゃろう？」

「ああ、運命は動き出した。この道がどこに続くのか――見守らなければな」

やれることをやる。

これからも、これまでも。

それこそが未来がどこに向かうかもしれない、ただの一般人にできる精一杯――。

「さて、君はどこに進む？」

ジークフリートは、静かにそう呟くのだった。

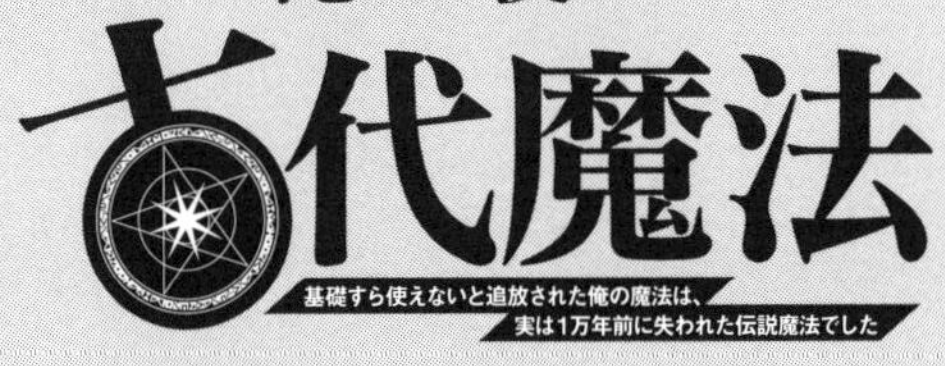
俺だけ使える
古代魔法
基礎すら使えないと追放された俺の魔法は、
実は1万年前に失われた伝説魔法でした

一章

一章　魔術師組合にて

ついにその日がやって来た。

「師匠、師匠！　準備はいいですか？」

錬金工房に、赤毛の少女――アリスのテンション高い声が響き渡る。

「落ち着け、アリス。まだ日が昇ってすらいないぞ？」

「無理です！　だって、ようやく師匠の晴れ姿が見られるんですよ？」

困惑した俺に、興奮気味のアリスがそう返してきた。

今日は、俺が魔術師組合を初めて訪れる日だ。

アリスの働きかけにより、俺は魔術師組合から『無のクワドラプル』に認定された。

魔術師組合に所属するトリプル以上の魔術師には、申請すれば組合から専用の研究室が与えられるという。俺もアリスの勧めで研究室の利用許可を申請しており、魔術師組合の一室が貸し出されることになっていた。

今日、魔術師組合を訪れるのは、その下見を兼ねている。

「お姉さま、とても楽しそうですね」

「もちろん！　師匠が正しい評価をされる日を、私は待ち望んでいたんです！」

アリスにそう呆れ目を向けたのは、金髪の少女――ユリアだ。

彼女は、王立魔法学院時代のアリスの後輩だ。

アリスを慕って、パーティを組むためにここまで追いかけてきた少女だ。

一時期は勘違いから、アリスが俺の弟子になるのをやめるよう説得しようとしていた。更には、俺にワイバーンをけしかけてきたこともあり、

(アリスの弟子入りを諦めさせるため。俺もユリアのことを利用しようとしていたからな)

(そういえば、あの事件の黒幕は誰だったんだろうな)

俺を追放した男——勇者ダニエルが、黒幕であると多くの冒険者は認識していた。

しかし俺は、それは誤りであると考えている。

ダニエルと直接話したときに後ろめたさを感じなかったこと。それにダニエルなら、俺が気に食わないなら、わざわざ人を雇わず直接俺を襲うだろうというのが理由だ。

ユリアは、ダニエルの配下を名乗る者に脅され、行動を実行に移したと言っていた。おそらく何者かが、ダニエルに罪を被せようとしたのだろう。

「ほえ？　オリオンさん、私の顔に何かついてるですか？」

「いや……」

そんなことを考え込んでいると、ユリアが不思議そうな顔で首を傾げた。

「そんなふうに見つめ合うなんて！　私から師匠を奪おうなんて、いい度胸ですね？」

「わーわー、誤解なのですよ～？」

アリスが目を三角にしてユリアの頬を引っ張ると、ユリアはぎゃーぎゃー騒ぎならアリスから逃げ

出そうとする。そんないつものじゃれ合いを見ながら、

「オリオン君。本当にクワドラプルになるんだね」

「ああ、人生何があるかわからないもんだな」

そっと俺にささやきかけたのはエミリーだ。

俺とエミリーは、ともに勇者パーティに所属していた。ダニエルが俺を追放した後、エミリーはダニエルに愛想を尽かして、俺のもとにやってきたのだ。

「ようやくオリオン君の活躍が日の目を浴びることになるんだ。嬉しい」

「あー、本当にあの日のことを気にする必要はないからな」

「それは……、うん。わかってる」

幼少期のちょっとしたすれ違い——そのことをエミリーが、いつまでも気にしていたということを知ったのはつい最近。

そんな過去を乗り越え、俺たちは再びパーティを組むに至ったのだ。

(アリスとユリアに、エミリーも……)

(不思議な縁だよな——)

「さてと……、行くか」

「はい、師匠！」

ユリアから手を離し、ぴょんとこちらを向くアリス。

そんなワクワクした様子に苦笑しながら、俺たちは魔術師組合に向かうのだった。

魔術師組合は、各地に支部を持つ大規模な互助会だ。王都に本部を持ち、その所属人数は数千人とも数万人ともいわれている。魔術師の発展のために作られた組織であるといわれ、魔術師のランク認定のほか、魔術師が不当な目に遭わぬよう保護する役割も持っていた。

この街の魔術師組合の支部は、居住区から外れた工業地区にあった。

街中央にある冒険者ギルドから、ちょうど歩いて一時間ほどの距離だろうか。

「魔術師組合の組合長って、どんな奴なんだ？」

移動中、俺はアリスにそう尋ねる。

俺が知っているのは、アリスの推薦で俺をクワドラプルに認定した相手ということだけだ。

無のクワドラプルという肩書きは、通常の規則とは異なる手順で認めさせた特例中の特例だ。その分、手間だってかかっているだろう。いくら新進気鋭のアリスの頼みとはいえ、どうしてそのような特例措置に至ったのか興味があった。

（それにアリスの師匠として――失礼のないようにしないとな）

「プリシラ様は、優しい方ですよ。魔法の真理の探究を何よりも大切にしている方で――魔法学院での授業も、とてもわかりやすいものでした」

アリスが、懐かしそうにそう微笑む。

臨時講師として、何度か学院でも授業を行っていたという。

「なるほど。何か差し入れとか持っていったほうがいいんだろうか」

「そんなに身構えないでも。というよりプリシラ様、師匠に興味津々で……。今回の特例措置だって、ぶっちゃけ師匠に興味を持ちすぎて、私欲ダダ漏れというか――」

「……？」

「何にせよ、そんなに緊張しないで大丈夫です」

アリスが、そう言いながら苦笑した。

師匠であるはずの俺より、アリスは遥かに場慣れしている。

これまで俺は、万年ランク外の魔術師だったからだ。ランク外――すなわち魔術師として認められていない状態であり、魔術師組合に出向いたこともなかったのだ。

（俺も、これからは、こういう手続きに慣れておかないとな）

（アリスに任せきりという訳にはいかないし）

「これから魔術師組合の石頭たちは、師匠の凄さを思い知ることになるんです。楽しみですね！」

「頼むから喧嘩は売らないでくれよ？」

弟子からの無条件の信頼が重たい。

そんなことを話しながら、俺たちは町外れにある魔術師組合の建物に向かうのだった。

そうして到着したのはレンガ作りの荘厳な建物だった。

入り口には魔術師組合の紋章が刻まれた旗がはためいており、その権威を伺わせるようだ。

玄関には特殊な材質で作られたと思わしき水晶が飾られており、それを見たユリアが「珍しい素材なのです！」と目を輝かせていた。

（うっ、なんだかキラキラしてる）

（なんともいえないエリートオーラ！）

正直なところ、落ち着かなかった。

見ればエミリーも、どこか所在なさげに立ち尽くしている。

気後れした俺をよそにアリスはさくさくと受付に進み、ささっと手続きを済ませてしまう。

「オリオン様ですね、少々お待ちください」

「あ、ああ……」

礼儀正しいお辞儀とともに、担当者を呼びに行った受付。

「師匠、向こうで待ってましょう」

きょろきょろと辺りを見渡していたら、アリスが俺の手を引いて歩き出した。

我が物顔で建物内を歩くアリスを見ていると、否が応でもアリスが若くしてクワドラプルまで上り詰めた天才少女であるということを意識してしまう。

「師匠、なんでそんなに緊張してるんですか――」

「そうは言ってもな……」

俺は、万年ランク外として認定されてきた身だ。

いかにも賓客（ひんきゃく）という扱いをされることに、あまり馴染みがないのである。

「これから師匠は、きっといろんな研究会から引っ張りだこになります。今のうちに空気に慣れておいたほうがいいですよ」

「げっ、ゾッとする未来だな――」

「そんなことを言うのは、師匠ぐらいですよ。研究会に呼ばれるのは、名のある魔術師なら誰でも憧れることなんですけどね――」

呆れたように言うアリス。

正直、アリスの話は、俺にとっては別の世界そのものだった。冒険者として、のんびりドラゴンを狩っているほうが落ち着くのだ。

「アリス、やっぱり凄いやつだったんだな」

「えへへ、もっと褒めてください！」

俺の言葉に、嬉しそうに目を細めるアリス。


「オリオンさん、魔術師組合へようこそじゃ！」

そんなやり取りをしている俺たちに、声をかけてくる者がいた。

こちらに向かって歩いてきたのは、瑠璃（るり）色の長い髪を遊ばせた狐耳の少女だ。腰のあたりには、不思議な形状の刀を身に付けている。

不思議な存在感を放つ少女は、真面目そうな顔でツカツカと歩いてくると……、

「オリオンさん！　さっそく例の魔法をわらわに見せてほしいのじゃ！」

開口一番、興味津々といった様子でそう言い放つ。

（……誰だ？）

見たこともない顔だった。

それでいて、なぜか名前を知られている。

ランク外の魔術師として扱われていた期間が長かったため、俺の実力はいまだに懐疑的な目で見られることが多い。それなのに開口一番、魔法を見せてほしいとは。

「誰だ？　俺の——ランク外の魔法を見せてほしい？」

「ああ、申し訳ない。わらわの名はプリシラ——この魔術師組合の長じゃ」

（あぁぁぁ？　いきなりやらかした？）

相手の正体は、まさかの魔術師組合長。

なんてことはない。アリスから俺のことを聞いていたのだろう。

俺は、慌てて頭を下げる。

「貴様ァ！　プリシラ様に失礼であるぞ！」

プリシラの後ろから偉そうなツンツン頭の男が現れ、そう怒鳴り散らした。

「えっと、あなたは——」

「我は、この魔術師組合の副長にしてプリシラ様の側近であるギルベルト・バーミリオンであるぞ！」

ぶくぶくと肥え太った男は、そう偉そうに胸を張る。

「えっと……。よろしくお願いします、ギルベルトさん」

「貴様ァ！　我のことは、ギルベルト様と呼べ？」

ギルベルトは、そう居丈高に俺に命じてきた。

（面倒な奴に絡まれてしまったな……）

「ギルベルト、余分な口を挟むでない」

内心で呆れたため息をつく俺を見かねて、プリシラがそう嗜めた。

「ハッ、しかし――」

「オリオンさんをクワドラプルとして、魔術師組合に迎え入れることを決めたのはわらわじゃ。ギルベルト、貴様はわらわの判断に不服があると言うんじゃな」

「そ、そんなつもりは――」

みるみる顔色を悪くするギルベルト。

（なるほど……プリシラの独断か）

（あまり、良くない状況かもな）

噴出する不満を押し切る形で、プリシラが強引にクワドラプル認定を決めたのだろう。

ランク外の魔術師を、突然クワドラプルに認定すること。前例がないのも疑いようがなく、ギルベルトが持つ不信感は当たり前に思えた。

そんなことを話している俺たちのもとに、一人の職員が小走りに駆け寄ってくる。

「プリシラ様、冒険者ギルドの副ギルド長から、至急の面会の申し込みが――」

「む、じゃが！　わらわはこれから、オリオンさんの魔法を――コホン。オリオンさんのことを、案内しなければ……」

困ったような顔で、プリシラがちらちらとこちらを見てくる。

(俺の案内をしなければいけないって、困っているのか)

(迷惑をかけるわけにはいかないな)

魔術師組合は、非常に大きな組織である。

その長ともなれば、俺のような人間には想像もできないほど忙しいはずだ。

俺一人のために、あまり手を煩わせるべきではない。

「緊急の用事なんでしょう。俺のことは気にせず行ってきてください、プリシラさん」

「へ？　いやいや、そんなことよりわらわは――」

「プリシラ様、職務に私情を挟んではいけません」

何か言いかけたプリシラに、アリスがじとーっと突っ込んだ。

「むむ……、ようやく、この目で例の魔法が見られるときが来たと思ったのに！」

涙目になり、なにやら呟くプリシラ。

「え？」

「な、何でもないぞ」

思わず聞き返すと、プリシラは誤魔化すようにそっと顔を背ける。

プリシラという少女は、こう見えて魔術師組合という大組織のリーダーだ。きっと俺には想像もできないような高度な判断が、さっきの会話で行われたのだろう。

「ギルベルト、この者たちを丁重に案内するのじゃ。決して粗相のないように！」

「はっ、かしこまりました」

プリシラは、ギルベルトにそう言い残し。

「次に会ったときは、その固有魔法をわらわに見せるのじゃぞ～！」

なんて言いながら職員に引きずられるようにして姿を消したのだった。

（なんだか、嵐のような人だったな）

（それと、思っていたよりもずっと若い――）

それが俺のプリシラに対する第一印象だった。


そうしてプリシラが視界から完全に消えたころ。

「ランク外のクズが、どうやってプリシラ様に取り入った！」

頭を上げたギルベルトは、開口一番そう言い放った。

「……はい？」

ギルベルトの言葉に、思わず聞き返す俺。

「んな？　よりにもよって師匠に向かって、なんたる侮辱！」

一方、アリスは目を見開いてギルベルトに噛みつく。

「どうどう、アリス……」

「む……、でも――」

(なんだか懐かしいな、このやり取り……)

相手は、魔術師組合でも偉い人のようだ。

喧嘩を売るのは、得策ではない。

不満そうなアリスを宥めながら、俺は面倒なことになったなと眉をひそめた。

「えっと、ギルベルト様。プリシラ様に取り入った、というのは？」

「ふん。そうじゃなければ貴様のようなランク外が、クワドラプルとして魔術師組合に入るなどあり得ないだろう！」

どうやらギルベルトは、プリシラの前では態度を取り繕っていたようだ。

「たしかに、俺がクワドラプルに相応しいかは疑問だ」

「師匠？」

アリスが驚いたように声をあげる。

(そうだな。もう俺だけの話じゃないからな)

俺が今日ここに立っているのは、アリスの頑張りがあってこそ。たとえ本心がどうであれ、クワドラプルに相応しくないとは絶対に口にしてはいけない。

「だから自分の力で示しますよ。クワドラプルに相応しいということを」

はっきりと、そう言い切る。

「ぐむむ、貴様ァ！」

ギルベルトは、面白くなさそうにそう呟いたが、

「まあ良いだろう。すぐに、しっぽを出すことになるさ」

そう馬鹿にしたように呟き、

「ついてこい」

そう言って、ドシドシと歩き出すのだった。


そうして案内された先は、魔術師組合の立派な建物の脇にある小さな小屋だった。

見るからに中はボロボロ。あまり整理もされていないのか、埃(ほこり)を被っている有り様だった。ちらりと中を覗いてみれば、役割を終えた古書が無造作に散乱している。文字どおり物置小屋として、さまざまな物が放り込まれているようだった。

「ギルベルト様、えぇっと……。ここは？」

「ここが、貴様の研究室だ」

「えぇっ？」

どう見ても、ここは物置だ。

ギルベルトは、意地悪くニヤニヤと笑っている。

「ふざけないでください！　こんな場所は師匠に相応しくありません！」

「なら、そのまま帰っても良いのだぞ？　研究室の提供の話は、なかったことになるがな！」

ガッハッハと腹を揺らしながら笑うギルベルト。

憤った様子のアリスを見ても、ギルベルトはまるで頓着しない。

アリスたちは、あまりの出来事に唖然としていたが、

(ふむ。まあ、悪くはないか)

(なかなか珍しい本が大量に並んでいるみたいだしな)

俺は倉庫の中に入り、中を見渡しそう判断する。

ちょっとボロいぐらいなら、別に魔法を使えばどうにでもなるしな。

(ッ?)

(——待て、これは?)

続いて俺の視界に入ったのは、現代魔法の歴史書だ。

それは今の現代魔法が成り立つまでの過程が描かれたもので——。

「なるほど、これは興味深いな——」

思わず手に取ってしまう。

俺が認識しているのとは違う理論で構築されている現代魔法——それが、なぜそのように解釈されるに至ったかの過程が、丁寧に描かれているようなのだ。

「そんなゴミの山に何の興味が？　負け惜しみのつもりか？」

一方、ギルベルトは馬鹿にしたようにそう言った。

(ゴミの山……？)

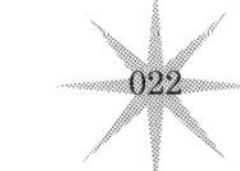

（こいつ――正気か？）

最初は冗談でも言っているのかと思った。

しかし脂ぎった顔でニヤリと笑うギルベルトは、本気も本気といった表情。ここにある古書の価値をまるで理解していないのだと、俺はそう察してしまう。

（これがどれだけ価値のあるものか）

（なぜ、わからない？）

俺は思わず、ため息をついてしまう。

「ギルベルト様、俺はここを使ってもいいいんですね？」

「は？　ああ、もちろん構わないが……」

俺の反応が予想外だったのだろう。

ギルベルトは、不思議そうな顔で俺を見る。

一方、アリスたちは、何かに感づいた様子で、俺と室内を見比べる。

「ふん、後は好きにするがいい。このボロボロの部屋で、せいぜい惨めに過ごすんだな！」

最終的にギルベルトは、そう吐き捨てて去っていく。


「あの人、馬鹿なのかな？」

「エミリー？」

「だって、こんなことしても。すぐに組合長――プリシラ様にバレるよね」

ぽつりと呟いたエミリーの言葉が印象的だった。

その後、俺たちは手に入れた〝研究室〟を整備することにした。

なんせここは、見たとおりの倉庫なのだ。狭い空間にゴミや、書物、謎の魔道具が所狭しと詰め込まれている。それこそ四人が入るだけで無理があるレベル。

さすがに長居するには、あまりにも不便すぎた。

というわけで大掃除が始まった。

「師匠、やっぱり駄目です。灯りが完全に切れてます」

「ふむ……、やはりか」

『橙のマナよ――照らせ！』

部屋の中に明かりを灯す。

「ギャ～！　お姉さま、ご、ご、ご、ゴキブリなのです～！」

「それぐらい摘んで捨てなさい」

「無理です～！」

ぎゃーぎゃー騒ぎながら、部屋の中をテキパキと片付けていく。

「オリオン君、こっちは終わったよ」

「ありがとう、エミリー」

エミリーは、勇者パーティ時代から、よく俺の雑用を手伝ってくれていた。

テキパキと室内を片付けていく様子は、いっそ頼もしいぐらいだ。

そうして倉庫の片付けをあらかた済ませてみたものの……、

「師匠、やっぱり狭いですね」

「それは言っても仕方ないのですよ、お姉さま」

「あ・ん・た・は！　とりあえず離れなさい」

これ幸いとアリスに抱きつくユリアを、うっとおしそうに引っ剝がすアリス。

「やっぱり研究室、持っておけば良かったですね。そうすれば師匠を案内できたのに――」

アリスが、ぽつりとそう呟いた。

クワドラプルに認定されているアリスは、魔術師組合から己の研究室を持つことを認められた魔術師である。しかしアリスは、その申請をしなかったらしい。どうせ普段は冒険者として活動しているから、研究室を与えられても困ると固辞したそうだ。

「ふむ。たしかに少し空間を拡張したほうがいいか」

「「「……は？」」」

足の踏み入れ場がない。

ぽかんとした様子のアリスたちをよそに、俺は椅子から立ち上がり、

『黒と青のマナよ――空間を騙せ！』

アイテムボックスの応用だ。

サイズとしては、ちょうど今まで入り浸っていた錬金工房と同じぐらいが良いだろう。

マナが俺に従い、空間を騙す――空間を拡張していく。

「さすが師匠です！」

「そんな――あり得ないのです。どんな理屈で――」

アリスがキラキラした目で俺を見る。

一方、ユリアは目にしたものが信じられないという様子で、辺りをキョロキョロと見渡した。

「せっかく一室もらったんだ。有効活用しないとな」

この倉庫は、宝の山だ。

なかなか手に入らない書物が、山のように眠っていたのだから。

そうして俺たちは、倉庫の一角を研究室として利用することになったのだ。

それから一週間。
俺たちは、充実した日々を送っていた。
真っ先にやったのは、錬金工房にあった錬金釜を持ち込んだことだ。
もともと錬金工房で研究に使っていたものは、研究室に持ち込むことにした。

「ふう、だいぶそれっぽくなったな」

「相変わらず師匠はとんでもないですね――普通なら、こんな場所を明け渡されても途方に暮れてるところですよ」

アリスが、呆れた目で俺を見てくる。

研究室の中央には、錬金釜が鎮座していた。その周辺は豪華なソファーが置かれ、アリスとユリアが我が物顔で紅茶を飲んでいた（ティーセットは、気がつけばユリアが持ち込んでいた）

一日ごとにアリスたちが思い思いに私物を持ち込むため、ただの物置小屋だったはずの研究室は、すっかり快適な居住空間に姿を変えていた。

「でもあいつは、間違いなく師匠を馬鹿にしてました。正式に抗議するべきです！」

ぷりぷりと怒っているのはアリスだ。

「あまり面倒事を起こしたくなかったしな」

「師匠らしいですけど……」

ちなみにあの日から、プリシラは戻ってきていない。

（そういえばエドワードさんは、今、何をしているんだろうな）

俺たちがアリスの故郷でクエストをこなしてからのこと。

ギルド長であるエドワードが突如として行方不明になったのだ。おかげさまで、冒険者ギルドでは随分と混乱が生じているらしい。もしかすると副ギルド長は、そのことについて魔術師組合長であるプリシラに相談しているのかもしれない。

（まあ、俺にどうにかできることじゃないよな）

ギルベルトが最高権力者であるこの状況。

不当を訴えても、あっさり握りつぶされてしまうのがオチだ。

今のところあまり実害もないし、放置しておいても構わないと俺は考えていた。

「ほんっとに嫌なやつなのです！」

「ユリア？」

「今日も、さっさと諦めて出ていったらどうだって――」

ちなみにギルベルトは、研究室がもはや快適空間に生まれ変わっていることを知らない。

俺たちの姿を見るたびに、にやにやと底意地悪い笑みを浮かべてくるのだ。

「まあ気にするだけ無駄さ。そんなことより――」

ここにある書物は、現代魔法が生まれるまでの過渡期に記述されたものだ。古代語で書かれている
ものもあるが、その分、記述内容は俺の知識にあるものと一致している。

「師匠、それ古代語ですよね？　まさか読めるんですか？」

「ああ、難しい単語は辞書が必要だけどな」

（ふむ。やはり太古の時代には、マナに命じて魔法を行使していたのか）

（その時代の記述は、しっかりと独自の理論を築いている）

ここ一週間で、俺は使われている言葉から書物を年代ごとに分けていった。

今読んでいるのは、その中でも特に古いもの――最古の魔法書であった。

「う〜、サッパリなのです」

「私も、古語はひと通り習ったはずなのに……」

むむむ〜、と眉をひそめるアリスとユリア。

一時期、俺は己の力を探るために各地の伝承を調べていた。

この古語の知識は、そのときに身につけたものだ。

(何が役に立つかわからないものだな――)

『紅のマナよ――』

俺が特に興味深いと思ったのは、色の重ね合わせ理論と呼ばれるものだ。

『もうひとつ紅のマナよ――』

俺は複数のマナの集合体に話しかける。

それだけでも繊細な作業だ。

その理論によれば、マナは波と似た性質を持つという――二つのマナを、波長をあわせて重なるように命じることで、魔法の威力を飛躍的に高められるというのだが……、

『――重なりあい、燃えろ!』

それはちょっとした好奇心。

二つの赤いマナは、混じり合い――

ゴォォォオオ!

激しい轟音とともに、赤いマナは巨大な火柱となって燃え上がった。

「ちょおっ？　師匠、何事ですか？」

研究室の一角でくつろいでいたアリスが、驚いてすっ飛んできた。

「驚かせたな……、すまん」

「それは大丈夫なのですが、いったい何が？」

きょとんと目をまたたくアリス。

「この古文書に書いてあったことを、ちょっと試してみたんだが——」

「えぇ？　まさか解読した上で実践に？」

「あ、ああ……」

アリスが、あんぐりと口を開けてしまう。

（なるほど、理屈は分かった）

（けれどもこれは、威力の制御に気をつけないと危ないな……）

そんな反応をよそに、俺はそんなことを考えていたのだった。

その数日後。
「あんな怪しげな男ではなく、私の研究室に参加しないかい？」
「師匠よりすごい魔術師なんて居ません。お断りです！」

「いつまで意地を張っているんだ？　こんなゴミ捨て場に居ては、とても研究会で成果を上げるなんてできるわけが――」

いつものように研究室に行こうとしたら、入り口のあたりで何やら揉める声が聞こえてきた。

遠目から見てわかる特徴的な赤い髪。迷惑そうに眉をひそめる少女――アリスと、その腕を摑んでいるのはギルベルトだろうか。

「どうした、アリス？」

「師匠！」

ギルベルトの前では白けた顔をしていたアリスが、嬉しそうな顔で駆け寄ってくる。

「ふん、まだいたのか。さっさと荷物をまとめて出ていったらどうだ」

（よほど暇なのか？）

すっかり目の敵にされているようだ。

嫌味ったらしく言ってくるギルベルトを無視して、俺は研究室の中に入る。

「邪魔です、どいてください」

「いい加減しつこいのです」

アリスとユリアが、ギルベルトを押しのけて部屋に入ってきた。

「アリスにユリアよ。俺は、貴様らのためを思ってだな――」

まるでゴミでも見るような目つきに、真っ赤になったギルベルトが研究室に入ってきて、

「って、はぁぁぁぁあ!?　何だこの部屋は？」

ギルベルトは目をみはる。

ボロボロの倉庫だと思っていた空間が、すっかり改築されていたからだ。

「ちょっと？　部外者が勝手に入ってくるのはマナー違反ですよね」

「あ、ああ……。なんだこれは？」

ギョッとしたようにキョロキョロするギルベルトを見て、

「そうよね。師匠の規格外っぷりを見たら、誰でもこうなります」

「こんな反応も、ちょっと新鮮なのです」

なんてアリスとユリアが、ヒソヒソと話していた。

「え～い！　くそっ、騙されるものか！」

（騙すって、何をだ？）

「オリオン、貴様らは一週間後に開かれる研究会に参加しろ」

「え？　どうしていきなり――」

「うるさい、これは命令だ！」

俺を指差し、ギルベルトがピシャリとそう言い放った。

「研究会？」

「ああ。よもや逃げるとは言うまいな？」

一方的に言い放ち、ギルベルトはドスドスと立ち去っていく。

「いったい、何だったんだ……」

俺は、困惑のままにため息をつく。

一方、アリスは目を輝かせながら、

「ついに師匠の研究成果が、表舞台に解き放たれるんですね？」

なんてワクワクした様子で言うのだった。

《ギルベルト視点》

「くっくっく、恥をかかせて魔術師組合に居づらくしてくれよう」

俺――ギルベルト・バーミリオンは、自室にこもりくつくつと暗い笑みを浮かべていた。

（ふん。あの男、どうやってプリシラ様に取り入ったのだ――）

（それにしてもアリスの奴！　せっかく俺の研究室に誘ってやったのに！）

思い出すのは、あの冴えない男のことを師匠と慕っていた少女の姿だ。

魔術師学院を主席で卒業した将来有望な天才少女。

きっと、あの男に騙されているのだろう。

「無駄な小細工ばかりしよって」

誰かの力を借りて、物置倉庫を改築させたに違いない。

相手は、プリシラ様を丸め込んだ男だ。きっとコネを使って、魔術師に空間の改築をさせたのだろう。あの男は、大した力を持っていないはずだ。

「ふっふっふ、我が最新の研究成果で、真正面から叩き潰してくれる」

研究成果の発表の場で、あの男の無能ぶりを暴いて、ここから追い出すのだ。

そうすることで、あの男に騙されて者たちの目を覚ますことだろう。

そうすればプリシラ様は、もっと俺を重用してくれるだろう。

——俺は、そんな希望を抱いていた。

《オリオン視点》

ギルベルトの襲来から一週間が経った。

「研究会って、何をすればいいんだ？」

「任せてください！　理論は私が説明しますから、師匠は実演をお願いします！」

ギルベルトの命令で研究会に参加することが決まり、アリスはすっかり張り切っていた。

カリカリと机に向かって資料をまとめている。

「研究会といったら、超一流の魔術師が集まってくるんだろう。たしかに重ね合わせの原理は便利だとは思うが……。本当に、こんなもので良いのか？」

「師匠は、まだ自分が何をしでかしたかわかってないようですね。失われた古書の解読に成功して、実演してみせたなら——歴史が動くことになりますよ」

「そんなもんなのか？」

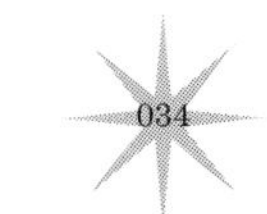

ユリアも、こくこくと頷(うなず)いている。

一方俺は、まだ真実味を感じられず、首を傾げていた。

――やがて俺は、アリスの言葉が決して大げさではなかったということを、嫌というほど思い知ることになる。

研究会当日がやってきた。

俺たち魔術師は、大会議室に集められていた。

研究会――それは魔術師たちが日々の研究成果を発表する場である。

「ほう、逃げずにやってくるとは驚いたな」

ギルベルトが、馬鹿にしたような顔でそう言った。

「すまんな。あまり時間が取れず――オリオン君の研究室の発表は、我々の研究室と同時進行とさせていただきたい」

ギルベルトが、申し訳なさそうな顔でそう切り出した。

「同時進行？」

「ああ。発表を同時に進めることにしてな。申し訳ないが、君たちには離れにある塔で発表を行ってもらいたい」

ギルベルトの言葉は低姿勢だったが、失礼極まりないものだった。

研究会に参加するよう呼びかけておいて、時間が足りないから同時進行。おまけに人が少ない塔で発表しろという命令。

「まさかオリオン君の発表を邪魔するために？」

エミリーが、キッとギルベルトを睨みつけたが、

「いやあ、本当に申し訳ない。予約時間を間違えてしまって――」

ギルベルトは、そういけしゃあしゃあと言ってのけた。

（なるほどな）

（俺たちが気に食わないから、発表時間を重ねて妨害しようということか）

俺一人なら、特に気にしなかったかもしれない。

俺はもともと、研究室に籠もって古書を読んでいれば満足だったからだ。

だけどアリスが、今日に向けて発表の準備を重ねたことを知っている。

「それはないんじゃないか」

アリスの師匠として、俺が思わず口を開こうとしたとき、

「それで構いませんよ。ね、ユリア？」

「はい、お姉さま！」

アリスが、一歩前に出て不敵な笑みを浮かべた。

「いいのか、アリス？」

「はい、師匠の初陣(ういじん)。私が完璧に決めてみせます！」

上手くいくことを確信している表情で。

アリスは、そう頷いてくる。

「ふん。余裕でいられるのは今のうちだぞ！」

そんな捨て台詞とともに、ギルベルトはドスドスと立ち去っていくのだった。

そうして俺たちの発表の時間がやってきた。

研究会に参加している面々は、主催者であるギルベルトの元に集まっていた。

俺たちが発表するのは、離れに建てられた塔だ。人はまばらで、発表時間が近づいてきても、数人の魔術師が発表を聞きに来ている程度。

（だいたいの人間は、権力者のもとに集まるしな）

（そうでなくても、誰が元ランク外の発表なんて聞きに来るんだ）

それはある意味で、予想どおりの光景。

「オリオン君……」

エミリーが不安そうに、こちらを見る。

俺としては、張り切っていたアリスたちのことが心配だった。

「その……、あまり気にすることは——」

「それでは行ってきます、師匠。ユリア、手伝い！」

「はい、お姉さま！」

（なんて、要らない心配だったな）

ギルベルトに発表時間を重ねられ、僻地（へきち）に追いやられ、人の少ない状態での発表。

そんな逆境にもかかわらず、アリスは燃え上がるような闘志とともに、発表の場に向かうのだった。

発表場には、ポツポツと人が入っていた。

研究会の主催者であるギルベルトと発表時間が被ったにしては、すでに十分すぎる成果。

「それでは、始めさせていただきます」

正装に着替えたアリスが、ぺこりと一礼する。

「我々が発表するのは——ずばり古代魔法（ロストスペル）の実現性についてです」

アリスの言葉に、会場内には動揺が広がっていく。

とうの昔に失われた技術として、誰も相手にすることもなくなった理論。

現代魔法の礎となり、今は廃（すた）れてしまった理論。

アリスいわく、それは本来このような場で発表するにはそぐわないそうだ。

それにも関わらず、あえてアリスがその題目を選んだのは——

「我々の研究室では、古代の魔法書をもとに、重ね合わせの理論の再現に成功しました」

いわく、いきなりマナが実在していると口にしても相手にもされない。

あくまで目に見える形として示せること。

何より現代魔法の枠組みの中で、理論を説明できること――すなわち既存の理論を壊さないことが大事なのだそうだ。

(理論と実戦――アリスが理論を生み出し、俺が実演する)

(俺としては楽でいいけど、本当にアリスにおんぶに抱っこだな)

そう思ってしまったけれど、アリスの表情は生き生きとしていた。

本人が満足しているのなら、きっとそれでいいのだろう。

「古代の魔法書には、マナは視認できない波のような特徴を有していると記載されています」

「馬鹿なっ?」

「古代魔法書の解析に成功したというのか?」

会場に動揺が広がる。

ちなみにその魔法書は、俺たちが案内された倉庫にあったものである。

嫌がらせとして押しつけた場所に、貴重な書物が山積みにされていたのだ。その事実を知ったら、ギルベルトはどれだけ悔しがることか。

「我々は、似たような特徴を持つマナをかけ合わせて使うことで、魔法の威力を従来の方法よりも遥かに効率良く上昇させられることを見つけだしました！」

「なんと……？」

ハキハキとアリスが発表を続ける。

見れば会場にいる人々は、気がつけばアリスの発表に釘付けになっていた。

(そこまで珍しい理論なのか?)

現代魔法のことが分からない俺には、アリスの発表の凄さはよくわからない。

それでも会場の空気を見れば、この発表がどれだけ度肝を抜いたかが伺える。気がつけばアリスは、会場の空気を完全にものにしていた。

発表の途中にもかかわらず、慌ただしく会場となっている塔の中に駆け込んでくる者もいた。どうやら発表を聞いていた魔術師から連絡を受け、慌てて会場に飛び込んできたらしい。

「ま、間に合ったか?」

「あんなやつの発表を聞いてる場合じゃねえ!」

「はいはい、まだ席は空いてるのです。お姉さまの発表、特等席で見るのですよ~!」

そんな魔術師たちを、ユリアが出迎える。

(手伝いって、そういう?)

いつの間に姿を消していたユリアの役割がわかり、俺は思わず苦笑いになる。

そうして発表は佳境を迎えようとしていた。

「これにて発表を終わりにさせていただきます」

アリスが、ぺこりと頭を下げる。

俺の出番はまだ来ていないが、これも想定どおりだ。

「本当にその理論は正しいのか?」

「そうだな。アリス嬢を疑うわけではないが、あまりに突拍子もない理論で――」

おずおずと手を上げ、そう主張する者たちが居た。

たしかに実践できなければ机上の空論。しかし同時に、アリスの発表はあまりにこれまでの常識からはかけ離れており、実証できるようになるにも時間がかかる。

それがこの場に集まった面々の共通認識のようだった。

(ふむ。想定どおりだな――)

アリスが、してやったりと笑みを浮かべる。

「師匠、出番です!」

「おう」

静かに見守っていた俺は、ようやく壇上に立つ。

俺はただ得意なことをやればいい。

「新たに魔術師組合に配属になったオリオンだ。ランクは無のクワドラプル――これからアリスの理論を実演する」

まさか理論を見られるとは思っていなかったのだろう。

一瞬、シーンと会場内が静まり返り、

「うぉおおお!!」

「嘘だろう？　すでに実証実験まで終わってるのか！」

「さすがは無のクワドラプル——こいつら、まじでやべえぞ？」

続いて湧き上がるのは割れんばかりの歓声。

（まさか俺が、こんな脚光を浴びる舞台に立つことになるとはな）

そんな不思議な感慨を持ちながら、

「それでは始めます」

俺がそう言って、手のひらの上に火の玉を生み出したところで——

「これはどういうことだ？　いったい、何が起きている？」

でっぷりと太った男が、塔の中に飛び込んできた。

今この時間も発表を続けているはずのギルベルトである。

「ギルベルトさん、どうなさいましたか？」

「どうもこうもない！　皆、オリオンの発表会が凄まじいことになっているから見に行くと——おかげでワシの研究会はすっかりガラガラだ！」

丁寧に対応しようとしたアリスに、ギルベルトが真っ赤な顔でそう怒鳴り返す。

この研究会に参加していた者が、なにやらすごいことになっていると仲間に連絡した結果、ギルベルトの発表中に参加者が、次々と席を立つ事態へと発展していたらしい。

あまりの事態に何が起きているのかと問いただそうとすれば、その行き先は決まってオリオンの発表会（こ こ）というではないか。

「言え！　どんな汚い手を使って、ワシの観客を奪った？」

「言いがかりです。ただ皆さんが、私たちの研究に興味を持ってくださっただけです」

あまりの言い分に、アリスも機嫌の悪さを隠そうともしない。

今日の発表会に向けて、アリスは真剣に準備を進めてきた。それを汚い手などと言われるのは、あまりにも我慢ならないのだろう。

なおも何かを言い募ろうとしたギルベルトだったが、

「それは、おまえの発表がつまらねえからだろう！」

「何年も前の発表を、いつまでも引きずりやがって！」

「なんだとっ？」

「これから新理論を使った魔法が見られるんだ。すっこんでろ！」

「そうだそうだ！」

発表を楽しみにしていた魔術師たちまで、ギルベルトにそう罵声を浴びせ始めた。

予想外の事態だったのだろう。

ギルベルトは呆けたようにぽかんと口を開けていた。

そこにユリアが椅子を持ってきて、

「さあ、あなたもお姉さまの発表の最高のフィナーレを一緒に見るのです！」

「発表するのは師匠ですけどね？」

強引にギルベルトを座らせてしまう。

――まだ妨害するのなら、そのまま叩き出すという圧と一緒に。

「こほん、下らない邪魔が入りました。師匠、今度こそお願いします！」

「ああ」

そうして発表の準備が整い、俺は魔法の行使に入るのだった。


（火の弾を二つ出す）

（一番、わかりやすいのは――）

俺が両手に生み出したのは、何の変哲もない火の弾だ。

重ね合わせに使うため、ざっと十個ほど生み出しておいた。

「あの者、無詠唱であれほどの魔法を同時に！」

「しかも完璧にコントロールできているというのか⁉」

「ふふん。師匠のやることにこれぐらいで驚いていたら、後が持ちませんよ」

何やら驚いている者もいるが、気にしないでおく。

一方、アリスは観客席に戻って目をキラキラさせていた。とりあえず、無駄にハードルを上げるのは、やめてほしい。

「何の変哲もないファイアボール。普通なら、これらの魔法を重ねたとしても――」

俺は一つだけ炎を動かし、火の玉を重ね合わせてみた。

何事も起こらず、火の弾が一つかき消されてしまう――ここまでは予想どおりといった反応だ。

「このとおり、威力を増幅させることはできないよな」

「ああ。普通はかき消えるだけだよな」

「それが変わるっていうのか？」

食い入るように見ている魔術師たち。

特にトリプル、クワドラプルの魔法を使えない魔術師にとって、シングルのシンプルな魔法を組み合わせるだけで威力を上げられるとすれば、大きな希望となることだろう。

「まずは、魔法の波長を見て——」

——魔法については、まだわからないことが多い。

魔法が何から構成されているのか。

現代魔法では、魔法を六属性のマナから成り立つとした。

俺が使う魔法は、視界に映る全てのマナから成り立つと考えた。

——そのどちらも、恐らく魔法の全てを解明してはいないのだ。

「アリスも発表したとおり、現れた魔法による現象をコントロールすることで魔法の波長もある程度は操ることができる」

火の玉であれば、炎の温度。サイズ。揺れ方。状態。

マナであれば、色の配合だろうか。

更にそれらを複合して——

「——この中だと、この二つの性質が一番近いかな」

俺は、そう呟きながらファイアボールを二つ動かしていく。

更にそれらに働きかけ、全く同じ性質を持つようコントロールする。

そうして二つの魔法が重なり合った所で、

「なっ？」

ドゴオオォォ！

火の玉が眩(まばゆ)い光を放ち、激しく燃え上がったのだ。

数秒後には元に戻ったが、たしかに発生した普段では見られない現象。

それらの性質を限りなく近づけたときに、それらの魔法を重ね合わせることで、魔法の威力が飛躍的に増大する——それが古代魔法書に載っていた重ね合わせの原理だ。

アリスの説明した計算式は、俺には導き出せなかったものだ
それでも俺が使う魔法は、不思議とアリスの導き出した計算式を満たす——それが現代魔法を極めながらも、別の世界を知ったアリスの特異性なのだ。

(最初、俺がやったのは、マナの色を合わせただけなんだよな)

(それを現代理論に落とし込んだんだから——やっぱりアリスは天才だ)

「魔力を注ぎ込んだのか？」

「そんな簡単な方法で？」

半信半疑の観客たち。

「簡単な方法？　そう思いますか？」

「だって、あんなファイアボールなんていうシンプルな術式で……」

「その温度、揺らぎ、速度、含有魔力量、構成比――その全てを、厳密に同じものを生み出し、支配下に置いて二つを重ね合わせる――それが本当に簡単だと思いますか？」

「まさか、それほどの魔力操作をしていたと？」

アリスの言葉に、息を呑む観客席の魔術師たち。

（たしかに、そこまで厳密な魔力操作が必要になることはないしな）

（普通に使うぶんには、できるかぎり威力を高めた状態でぶつけるだけだ）

俺は、内心でそう呟く。

実際、魔法を使って敵と戦うだけなら、火の弾をできるだけ大きくして敵に向かって射出できれば、大体は事足りる――そこまで細かい制御をしようと思うことはないだろう。

事実、あのアリスですら、いまだに原理の再現には手こずっている。

「これが天才少女と無のクワドラプルのタッグか……」

「これは、魔術師の歴史が変わるかもしれないな」

「末恐ろしい天才たちだ――」

戦々恐々とした様子で、そう誰かが呟くのが聞こえてきた。

「この理論をより大規模な魔法に応用できれば……、これは新たに研究する必要があるな」

「まず、そこまで魔法を制御できる気がしねえ」

「今日からは、よりいっそう基礎練習にも力を入れないとな――」

興奮冷めやらぬ観客をよそに、俺は壇上を後にする。

そうして発表会を終えようとした。

そのとき――

「ペ、ペテンだ！　イカサマだ！」

ギルベルトが俺を指差し、そう喚き散らしてきた。

「騙されるな！　なにかトリックがあるに決まっている！」

「ほんっとうに失礼な人ですね。正真正銘、今のは師匠の力です！」

キッと言い返すアリス。

(実害はないから放置しておいたが)

(一応、ギルベルトの言いがかりには反論しておかないとな)

俺は、ギルベルトの元に歩みを進め、

「ギルベルト……様、イカサマとは何のことでしょう？」

「貴様！　何をいけしゃあしゃあと！」

「理論は、アリスの説明したとおり。性質のまったく同じ魔法をぶつけることで、その威力を飛躍的に向上させる――何か説明に不備がございましたでしょうか？」

「うるさい、黙れ！　黙れ！」

俺が丁寧に説明しようとしても、ギルベルトはそう地団駄を踏むばかり。

そんなギルベルトを、周囲にいた魔術師たちが白けた様子で見ていた。

アリスの説明と、俺が見せた現象で、すでに新理論は検証に値するものだと誰もが思っている。その事実をギルベルトだけが、気に食わないからという理由だけで拒否している。

（やれやれ、この態度……。ギルベルトの明日からの立ち位置が心配になるな）

（それはそうとして……。これは、埒が明かないな——）

まともな議論ができそうにない。

どうしたものかと俺が思案していると、

「いったい何事じゃ？」

そんな声とともに、塔の扉が開け放たれた。

「ぷ、ぷ、ぷ、プリシラ様？」

ギルベルトのひどく慌てた声。

——果たして扉の前には、狐耳姿の少女が立っていた。


「こ、これはですね——」

慌てたギルベルトが、口をパクパクさせていた。

これほど早くプリシラが戻ってくるとは、想像していなかったのだろう。

「どうしてプリシラ様が、こんなところに？」

上手い言い訳も浮かばなかったのか、ギルベルトはそう質問を返す。

「だってオリオンさんの研究会の発表は、ここでやるのじゃろう」

「なっ？　ワシの発表会と時間が被っているのですぞ？」

「むむ……、それは残念じゃ。じゃが、オリオンさんの発表会は外せぬからな」

プリシラは、当たり前のようにそう答えた。

それから傍聴席に座り、ソワソワと尻尾を揺らしながらこんなことを言う。

「どうにか間に合ったようじゃな！　さあ、早く発表を始めるのじゃ！」

「それが残念ですが――」

アリスが、すでに発表が終わっている旨を伝える。

「そ、そんなあ……」

わかりやすくしょげ返るプリシラ。

聞けば今日のために、大急ぎで会合を終わらせてきたとのこと。

「プ、プリシラ様！　このような若輩者の発表ではなく、どうかワシの発表を……」

「あー、あの発表じゃろう？　三年前に出た論文はすでに読んでおる。そんなことより、わらわはオリオンさんの新理論が聞きたかったのじゃ――」

「なぁっ!?」

ギルベルトは、プリシラの言葉にショックを受けていた。

（プリシラさん、アリスの学院時代の先生と言ってたっけ）

（それに俺をクワドラプルに認定した――いわば恩人なんだよな）

プリシラが、今日の発表を楽しみにしていたというのなら。

アリスに頼んで、直接伝えてもらうことはできないだろうか。

「プリシラさん。もし時間があるなら、研究室で今日の発表内容を伝えようと思うのですが――」

「ぜひとも聞きたいのじゃ！」

前のめりに頷くプリシラ。

「なっ？（それはまずい……）」

ギルベルトは、何やら焦り始めた。

「プリシラ様？　どうです、今日のところはお疲れでしょうし後日ということで――」

「疲れたから一刻も早くオリオンさんの発表が見たいのじゃ！」

まったく疲れを感じさせぬ声音で、プリシラがそう言う。

そうして俺たちは、プリシラとギルベルトを引き連れ研究室（元・倉庫）に向かうのだった。

俺たちの研究室は、あいも変わらず離れの倉庫にあった。

ちなみに中は改築してあるが、未だに外はそのままである。

秘密基地のようでワクワクするよね、とはエミリー談。

「なっ!?　ここを研究室として与えたと？」

そんな荒れ果てた敷地を見て、プリシラが驚愕をあらわにし、

「ギルベルト！　お主、こんなところをオリオンさんに与えたというのか！」

カッと振り返り、そうギルベルトを問い詰めた。

「こ、これには深い訳がありましてですね――」

「言い訳はよい！」

プリシラは、冷たい顔でギルベルトを一瞥し、

「ギルベルト、お主は謹慎処分じゃ！」

そう言い放った。

「で、ですが――」

「沙汰は追って下す。ギルベルト、お主の態度は前から少し目に余っておった」

プリシラの言葉は、どこまでも冷たい。

「ど、どうかお許しください！」

その声音に本気を感じ取ったのか、ギルベルトは真っ青になった。

「わらわの賓客への無礼。それだけでない――何人もの優秀な新人が、お主によるパワハラが原因でやめていったという報告は裏も取れておる。降格は覚悟しておくんじゃな」

もし俺たちがこのまま魔術師組合を後にしていれば、ギルベルトはただ俺たちが辞めていったという事実を伝えるつもりだったのだろう。

「そ、そんな――」

ギルベルトは情けない声をあげ、そのまま地面に崩れ落ちた。

「こんなことをこれまで繰り返してきたなんて。最低」

「いい気味なのです」

すごすごと自室に戻っていったギルベルトを見て、アリスとユリアがあっかんべーをしていた。

「オリオンさん、本当に申し訳なかった」

一方、プリシラは深々と頭を下げてきた。

身内の恥は己の恥——ギルベルトの暴走に、随分と苦労させられてきたらしい。

「やめてください、特に気にしてませんから——」

「じゃが……」

「まあまあ、中を見てください。住めば都と言いますしね」

そんな俺たちを見て、アリスが微笑みながら中に入るよう促す。

そうして俺たちは、浮かない顔のプリシラを中に招き入れるのだった。

プリシラは、俺の研究室に入るなり、

「なっ!?」

「やっぱり、最初は誰でも同じ反応になりますよね」

ギョッとしたように入り口で固まるプリシラを、アリスが中に押し込んだ。

「なんだここは?」

「なにって、ちょっと空間拡張の魔法を使って、いろいろあった私物を持ち込んだだけだが」

それとも錬金釜、邪魔だっただろうか。

でもせっかくユリアもいるし、触媒の研究も続けたいんだよな。

「空間拡張の魔法？」

「ああ。アイテムボックスの応用でな」

「それをこれほどの空間に常時展開しておるのか？」

素っ頓狂な悲鳴をあげるプリシラ。

「わかります。私も師匠の魔法を最初に見たときは、同じような反応になりました」

「これが日常になりつつあるのが恐ろしいのです……」

アリスとユリアが、またヒソヒソと何か呟いている。

「それじゃあ、新しい研究室を用意する必要は――」

「ああ、ここで問題ない。遠慮でも何でもなく、ここには珍しい本が沢山あってな。ギルベルトのやつには感謝しているぐらいだ」

事実、今日発表した内容は、この部屋にあった古書をもとにしている。

プリシラは、呆然と部屋の中を見渡していたが、

「どうやら想像の数十倍、オリオンさんは規格外なのじゃな」

しみじみとそう呟くのだった。

《勇者パーティ視点》

俺――ダニエルは、ただただ状況に振り回されていた。

状況を振り返ってみれば、エドワード師匠には怪しいところがある。

一つはエミリーの村に向かうクエストを同時受注するようなミスを、よりにもよって師匠がするのかということ。

極めつけは、師匠から受け取った魔導書を使ったせいでリッチを蘇らせてしまったこと。あれはどう考えても、俺があそこでリッチを解放するよう仕向けたと考えるのが自然だ。

そんなことを信じたくはなかったが、状況的にはどう考えても師匠が怪しい。

(本当に取り返しがつかないところだった……)

(認めるのは癪だが、あいつが居なかったらどうなっていたことか――)

こうしてかろうじて冒険者を続けられているのは、本当にただの偶然だった。

「くそっ、どうすればいいんだ」

冒険者ギルドは、現在、大きな混乱に見舞われていた。

突如として、ギルドマスターであるエドワードが姿を消したからだ。

――それは事実上、俺の疑いの答えだった。

「そんなところで、昼から何を飲んだくれとるんや」

「うるせぇ。休日に何してようが、俺の自由だろ」

冒険者ギルドに併設された酒場。

その一角で、俺はだらしなくエールを飲んでいた。

そんな俺に話しかけてきたのは、唯一残ったパーティメンバーであるルーナだ。彼女はナイトという防御に長けたジョブについている。

（こんな状況の勇者パーティに残ってくれたことには感謝しかないんだけど）

（ときどき目線が怖いんだよな――）

実のところ、さすがの俺でも村を一つ滅ぼしかけた事実は堪（こた）えた。

それはもう深く深く反省したのだ。

これからは真人間になるぞ、と決意した矢先にルーナに言われた言葉が、

「え？　むしろ駄目なままでも――」

……だ。駄目って言うな、駄目って。

その後、慌てて取り繕うように「立派な勇者になれるようウチも応援してるし協力するからな！」

なんて言われたが……。

（――考えすぎか）

俺はぶんぶんと首を振り、

「ふん。これでも情報を探っているんだ」

「成果はあったん？」

「――聞くな」

ギルド内での俺の立場は、だいぶ怪しい。

ただでさえオリオンの暗殺計画の濡れ衣を着せられ（何度でも言うが、俺はやってない？）依頼も失敗続きなせいで、信頼度はゼロを超えてマイナスである。

その割に勇者という肩書きだけは立派という――なんとも扱いづらく、目の上のたんこぶのような扱いをされていた。

そんな訳で、相談する相手もいないのだ。

「くそっ、結局俺は同じところで足踏みしてるんだな」

「焦ってもいいことあらへんで」

ルーナはそう言い、淡々とエールを頼む。

「結局、おまえも飲むんかい」

「休日やからね」

ルーナは、いい人間だ。

俺のパーティにはもったいないほどに。

「ろくな情報収集すらできないとはな。ギルドマスターにすら見捨てられた勇者ってジョブだけが取り柄の駄目人間――悔しいけど言い返せないんだ、最近」

酔いの勢いだろうか。

普段なら決して口にしないような本音。

「別にダニエルが駄目人間なのは、今に始まったことじゃないあらへんて」

「酷い言い草だな」

そこは同意するんかい、と俺はムッとする。

別に、昔みたいに怒鳴り返すことはないけれど。

（むしろ勇者と下手に持ち上げられるほうが、今は堪えそうだしな……）

俺の目標は、いずれは勇者パーティに相応しいパーティを築き上げることだ。

今度こそ名実ともに、認められる勇者パーティを作り上げることだ。

そのためにも、そのためにやるべきことは――

「なあ、ダニエル」

「なんだ？」

沈んだ顔をしていた俺を見たのだろう。

「師匠が怪しいこと……、ちゃんとオリオンに伝えたほうがいいんちゃう？」

「オリオンに？」

「ああ、ここで考え込んでても埒が明かんやろう」

「だけど、確証もないしな……」

今度、オリオンの前に立つときは、立派な勇者になってからだと思っていた。

早々に、頼ることになるのは気まずいなんてものではない。

オリオンとアリスに、勇者パーティを選ばなかったことを後悔させてやる――それは決して後ろ向

きの決意ではなく、前を向くための一つの目標。
だが今をなくして、先はないのも事実で。
(またルーナに助けられちまったな)
(今、この状況で、俺にできることってなんだ?)
俺は、そう考え込むのだった。

俺だけ使える

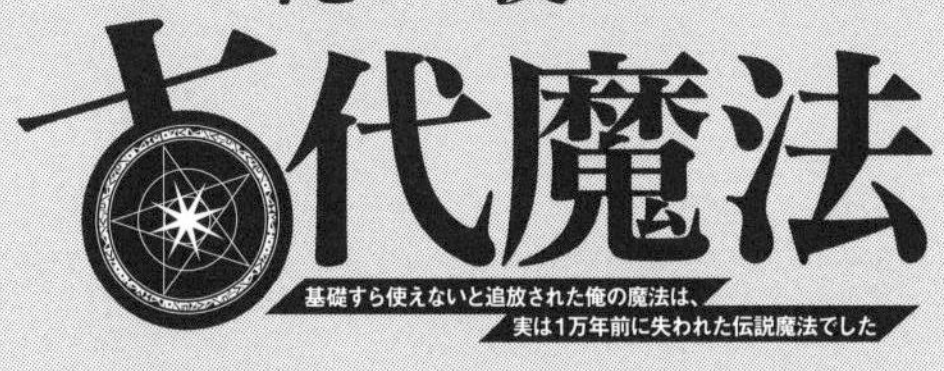
古代魔法
基礎すら使えないと追放された俺の魔法は、
実は1万年前に失われた伝説魔法でした

二章

二章　異変の予兆

俺は、今日も魔法の研究に打ち込んでいた。

アリス、ユリア、俺、エミリーというパーティメンバーに加えて——

「ふむふむ、これは美味じゃのう」

あの日から我が物顔で、プリシラまで入り浸っていた。

「ど、どうしてプリシラ様までここに来てるんですか？」

「わらわは組合長じゃぞ。どこに居てもおかしくはないじゃろう」

噛みつくアリスを、プリシラが軽くあしらった。

むむむ、と頬を膨らませながらも何も言い返さないアリス。

「プリシラ様、もしかして暇なんですか？」

「そんな訳ないじゃろう。毎日のように舞い込んでくる依頼でてんやわんやじゃ」

アリスの言葉に、プリシラが真顔になった。

特にここ最近はモンスターの出現数が増加しており、忙しい日々が続いているとのこと。

そんな中、騒ぎを起こしたギルベルトへの苛立ちも一入（ひとしお）だろう。

「なら、こんなところに来ている場合じゃ——」

「なんじゃ？　魔術師にとって、己の魔法の腕を磨く以外に大事なことなどないじゃろう」

アリスの呟きに、平然とプリシラがそう言い返す。

あまりに当たり前のように出てきた言葉。

だからこそ、それがプリシラの本音であると俺には感じられた。

「そういう訳じゃ。さあオリオンさん、新しい魔法を再現してみせるのじゃ」

「いいんですか？　俺としてはありがたいですが……」

やっていたのは、以前、アリスともやっていた実験だ。

プリシラが放った簡単な魔法を、俺が自分のやり方で再現してみせるのだ。

それにより俺は現代魔法の魔法を理解できるし、プリシラとしても魔法の新たな一面を知ることができるなど互いに利点があった。

「むむむ～……」

そんな俺たちの様子を見て、アリスが不機嫌そうな唸り声をあげる。

「なんじゃ？　お主、嫉妬しておるのか？」

「なっ⁉」

そうからかうようにプリシラが口にすると、

「な、な、何のことですか？」

アリスが、あたふたと手を振った。

「師匠をずっと取られちゃうと、私の研究がなかなか進まないなって心配してただけです。……してただけです！」

なぜ二回言ったのか。

「プリシラ、アリスをからかうのはやめてやってくれ。俺たちは、ただの師弟関係だ——そういう感情は一切ない」

「う～、そう言い切られると、何とも言えない気持ちになりますね」

俺がそう言うと、アリスはなぜかガックリ項垂れるのだった。

そんな日々が続いたある日のこと。

「オリオンさん、オリオンさんはおるか？」

プリシラが、突然、紙を片手に部屋に入ってきた。

「どうしたんだ、プリシラ？」

ちなみに研究室に入り浸る日々の中、プリシラから呼び捨てでいいと言われたので、敬語もやめて、呼び方も呼び捨てに変わっている。

（こんな早朝から来るのは珍しいな）

（いつもなら、まだ組合の仕事をしている時間なのに）

疑問に思った俺に応えるように、

「実は、オリオンさんに受けてほしい依頼があるのじゃ？」

などとプリシラが切り出した。

プリシラが持っていたのは、冒険者ギルドにあるクエストの発注書だ。

「すまない、オリオンさん。どうもギルベルトのように、お主の実力に疑問を持つ者が後を絶たないようでな……」

プリシラが、複雑そうな顔でそう言った。

「まあ当然のことだろう。気にする必要はないさ」

俺が魔術師組合に認定された無のクワドラプルという特例措置。そんな特別な扱いをされることを許せないと思う者が居るのは当然の話だった。

「まったく、師匠の魔法の凄さがわからないとは不幸な人たちですね」

「まったくです」

アリスとユリアが、呆れたようにため息をついた。

「それで……、クエストと何の関係が？」

「このクエストは、ギルドでなかなか達成者が出なかった面倒なクエストなんじゃ」

「なるほど、つまりは実績を示して反対派を黙らせてほしい。そういうことですか？」

「言葉を選ばず言えば――そういうことじゃな」

クエストを受けるのは久々だった。

もともとクエストを受けるのは、素材が不足してきたときぐらい。得に最近は、研究室に入り浸っていて、なかなかクエストに出かけることもなかったものだ。

「もちろんわらわもついていくぞ」

「へ？　いいんですか？」

「ああ、というよりは何か不正がないかを見届けるための監視役じゃな」

プリシラが、当たり前のような顔でそう言った。

「そんなこと言って、師匠の魔法を見たいだけですよね」

「ふふ、当たり前じゃろう。今、魔術師として成長したいと思えばオリオンさんの傍に居るのが一番の早道——すなわちこれは、魔術師としての未来への投資なのじゃ」

ドーン、と声が出そうな顔で宣言するアリス。

「あ、それについては同意します」

「いやいや、まったく同意できないからな」

あっさり頷くアリスに、俺は反射的に突っ込こむ。

（プリシラ、忙しい人だと思うけど大丈夫なのかな？）

（本人がいいと言っているなら、気にしないでおくか……）

一方アリスは、プリシラが持つ紙を覗き込み、

「えっと、クエストの場所は——師匠！　ドラゴンです、ドラゴン！」

「なぜお主は、ドラゴンを喜ぶんじゃ」

どうやら今回のクエストは、ドラゴン退治らしい。しかも今度の相手は、ドラゴンの中でも最上位種であるブラック・ドラゴンとのこと。

普通なら怯えるところだが、頼れる我が弟子はひと味違う。

ドラゴン退治と聞いたら、メラメラと闘志を燃やし始めるのだ。

(あの約束、まだ気にしてたんだな――)

以前、アリスの弟子入りを断ろうとしていたときのこと。

俺はアリスを諦めさせるため、ドラゴンをソロ討伐できたら弟子入りを認めると言い、アリスはすっかりドラゴン退治に夢中になっていた。

今ではアリスは俺の大事な弟子だ。

アリスのおかげでクワドラプルに認定され、俺はそう決意した。

だからこそドラゴンをソロ討伐するなんて無茶な条件は、とっくに破棄してもいいのだが――。

「課題はきっちりこなします！」

とはっきりアリスは言い切ったのだ。

そうして暇を見てはドラゴンを狩り、気がつけば俺たちは『クレイジー・ドラゴンキラー』などと呼ばれることになっていたわけだが――閑話休題。

「でも珍しいですね、ブラック・ドラゴン。いい素材が取れそうです」

「師匠、いつもどおり最初は私から行きますね！」

まるでピクニックにでも行こうかというテンションで、俺たちはドラゴンの討伐計画を立て始める。

「待て待て待て待て。お主ら本気で、単独パーティで黒竜に挑むつもりじゃというのか？」

「ああ。そのつもりだが……」

プリシラが困惑していた。

ドラゴンを相手にするともなれば、複数のパーティが集まり大規模な討伐レイドが組まれるのが普通らしい。まして今回の相手は、ドラゴンの中でも最上位種のブラック・ドラゴンだ。

普通なら、二つ返事で受けるようなものではない。らしいのだが……、

「遠出する必要がありそうですね。私がお弁当を用意するのです！」

「ユリア、あんたまた激辛の何か作るつもりじゃないでしょうね？」

「今度はちゃんと美味しいものを持ってくるのですよ！」

俺たちには、致命的に緊張感が足りなかった。

そうしてクエストに向かう日がやってきた。

討伐依頼――依頼にあった討伐対象は、ブラック・ドラゴンだ。

「本当にいいんじゃな？」

プリシラが、いまだに半信半疑といった様子で聞いてくる。

「心配しすぎですよ、プリシラさん」

「じゃがな――」

プリシラは、なおも何か言いたげな様子だったが、

「まあ良い。無のクワドラプル——お手並み拝見といくのじゃ」

最後にはそう納得し頷くのだった。


ブラック・ドラゴンの住処は、一年中雷の止まない風雷山という場所だ。

街から南西に数十キロ移動した小さな孤島にある山だ。アリスの生み出すアイス・ドラゴンで、およそ一時間ほどかかる。

「いえ〜いっ！」

アリスは、今日もアイス・ドラゴンを飛ばしていた。

風を切るような爽快感は、本当にドラゴンに乗っているかのよう。俺たちは、一流のドラゴンライダーしか味わえない楽しみを、味わっているといえた。

——なお、高いところが苦手な人にとっては地獄である。

アリスをお姉さまと慕うユリアという少女であったが、どうにもアリスが大好きな空の旅だけは好きになれなかったらしい。

「ひやあぁぁぁ。高い、高いのです〜」

ギュッと目を閉じるユリア。

そのまま悲鳴をあげながら、ユリアは〝手元にあった何か〟に捕まった。

「ひゃっ？」

直後、そんな悲鳴。

思わぬ声の主に視線を送ってしまう――その声は勘違いでなければ、プリシラのものだった。

「こほん。何でもないぞ」

プリシラは軽く咳払いすると、

「お主――ユリアといったか――わらわの尻尾を強く握らないでほしいのじゃ」

そう真面目な声で言った。

さきほどの可愛らしい悲鳴を聞いた後では、すっかり威厳半減である。

「そ、そんなこと言われても困るのです～」

一方、ユリアの高所恐怖症も筋金入り。

プリシラから生えているふさふさのしっぽを、ユリアはむんずと握りしめた。

「ふみゃっ？」

プリシラは、素っ頓狂な悲鳴をあげ、

「力が、力が入らないのじゃ」

更には脱力して、手綱から手を離してしまう。

（ま、まずいっ！）

こんな高さから落ちれば、いくらプリシラであっても大怪我は免れない。

最悪、命を落とす可能性すらあった。

（アリスは、ドラゴンの制御で忙しそうだし――）

（一番前に乗ってるエミリーじゃ、ちょっと距離がある）

（ユリアはずっと目を閉じてるし――）

このままいけば大事故待ったなし。

俺は、プリシラの体を支えるように手をあてると、

「すまん、大丈夫か？」

「昔からしっぽだけは駄目で――助かったのじゃ」

プリシラは、ほっと安堵したようにため息をつく。

「すまん、アリス。もうちょっとだけ速度を落とせるか？」

「へ？　わかりました」

ちょっぴり不満そうにしながらも、アリスはスピードを落とす。

ちなみに猛スピードで飛ばすアリスに悪気はない。

そんな思わぬトラブルに見舞われながらも、俺たちはブラック・ドラゴンの住処だという風雷山に到着した。

◎

風雷山――そこは貴重な鉱石が取れることでも有名であり、一筋縄では攻略できない高難易度ダンジョンとしても有名だった。凶悪なモンスターが常に徘徊(はいかい)し、おまけに追い打ちをかけるように悪天候が情け容赦なく冒険者を襲う。

その日も風雷山では激しい雷雨で、山登りには不向き。

まさしく、最悪の環境といってても差し支えなかったが……、

「ここが、あの風雷山?」

「思ったより大したことないのです」

――ダンジョン攻略は、順調そのものだった。

俺が真っ先にやったのは、周辺を薄い膜で覆って、天候の影響を最小限に抑えることだ。

雨で視界が悪くなれば、格下のモンスターが相手であっても、思わぬ苦戦を強いられたりもする。

このダンジョンを攻略する上で、雷雨対策は必須だった。

「な、何じゃこの魔法は?」

「慣れてください、プリシラ様。師匠の魔法、だいたい、いつもこんな感じですから……」

「オリオン君の魔法、やっぱりいつ見ても規格外」

「慣れ……、慣れ?」

ぎょっとしたように目を見開くプリシラに、アリスたちがそんなことを言う。

(こんな感じ、ってなんだ?)

パーティの中で、俺の扱いが最近ひどい気がする。

攻略の安定感が増したのは、単純にメンバーが増えたのも大きい。

探知を行うエミリーがパーティに加わったことで、格段にパーティの探知能力が上がっていた。

更には新たに加わったプリシラも、

「我に任せるのじゃ！」

そう言いながら敵に突っ込み、またたく間に懐の刀で敵を一刀両断にする。

プリシラは、魔術師にしては珍しい近接型の戦い方を得意としていた。手にした刀を薄い魔法で覆って敵を切り裂く独自のスタイルだ。

「いつ見てもすごいですね、プリシラさんのそれ」

「ああ。参考になるな」

魔術師の弱点は、一般的に近接戦にある。

詠唱が必要な者は言わずもがな。そうでなくとも現象を行使するまでは、僅かな時間だが集中する必要があり、どうしても無防備になる時間が生まれるのを避けられないのだ。

その弱点を補うため、刀を武器に選ぶというのは理にかなった選択だと感じた。

プリシラの戦いを目で追う俺は、ふとあることに気がついてしまう。

「プリシラ？　その包帯は？」

ぎょっとした顔で問いかける俺。

浴衣(ゆかた)の下に覗くプリシラの腕は、包帯でぐるぐる巻きになっていたのだ。

「……あぁ。戦いで腕を傷めぬよう保護するためじゃな」

「なるほど、そういうものなのか――」

いつもの自信たっぷりの彼女らしくなく、目を逸らしながら小声で答えるプリシラ。

ひとまず安心した俺だが、微かな違和感を覚えたのも事実。

プリシラはさりげなく浴衣を直し、露骨に包帯を隠そうとしていた。

「ほれ、新手の敵が来るのじゃ！」

誤魔化すようにそう叫ぶプリシラ。

（たしかに、こんな危険なダンジョンで気にすることでもないか）

（この動きだ。怪我じゃないってのは、本当だろうしな）

襲ってくるモンスターの群れを見据えて、俺は気合いを入れ直すのだった。


「ファイアボール――ウィズ・重ね合わせバージョン！」

アリスが後方から魔法を放ち、敵を粉砕していった。

少し前に研究会で発表した技術を、しっかり実践で生かしているようだ。

「それが例の新技術か。おおよそファイアボールの威力とは思えん――見事なもんじゃな」

「えへへ、師匠のおかげです！」

プリシラが感嘆したように呟く。

（実践で使えるとなると、感覚だけで術式をそこまでコントロールできてるのか）

（これはもう天賦の才だな）

その後もプリシラとアリスが、ズバズバと敵を倒していく。

（俺もプリシラに見せてもらった魔法、試してみるか）

こちらに流れてきた敵を見て、俺は早速、新たな魔法を試すことにした。

「スター・ブレード！」

プリシラが刀に纏わせている魔法部分のみを再現。

研究室で常日頃から見せてもらっていたので、そのマナの動きは十分に理解していた。

展開した魔法のオーラを、あたかも剣のように形作る。

「ブモオオォォォォ！」

こちらに向かって突っ込んできたのは、ミノタウロスという牛の頭を持つモンスターだ。

斧を振り下ろしてきたので、それを軽く躱し、

「はあぁっ！」

一太刀で、その首を切り落とす。

（やれやれ。とても体力が持たないな）

（本気でこの戦術を試すなら、プリシラさんに刀術を教わるべきかもしれないな）

俺がそんなことを思いながら刀を模したマナを消すと、

「すごいです、師匠！　今のは何ですか？」

目をキラキラさせたアリスが駆け寄ってきた。

「プリシラさんの戦い方を見て、どうにか俺も似たようなことができないか考えてみたんだ。戦えなくはないが――いかんせん、体力がどうにもならないな」

「まさか――信じられんのじゃ……」

一方のプリシラは、目を見開いていた。

「刀に魔法を這わせるのと、無から有を生み出すのとでは難易度が段違い。お主、いったいどれほどの修練を積んだのじゃ？」

「それが俺の魔法の使い方の利点なので」

「いっそずるいぐらいの能力じゃな――」

じとーっとした目で俺を見てくるプリシラ。

実際、アリスやプリシラと比べると、俺はだいぶ楽に魔法を行使できていると思う。

刀になってほしいと頼み、細かな制御はマナの自由意志に任せていたからだ。それができるのも俺が使う魔法の強みだろうか。

「なるほど……。やはり、無のクワドラプルは伊達ではないということじゃな」

プリシラは、勝手に納得した様子で頷く。

その後もダンジョン攻略が順調に進み、ついにブラック・ドラゴンが居る山頂付近にたどり着く。

実際の戦闘に入る前に、俺たちは休憩を取ることにした。


「じゃーん、お弁当用意したのです！」

休憩時間になり、俺たちはそれぞれ昼食を取ることにした。

俺はいつものカプセル薬――ではなく保存の効く干し肉を持ってきた！

（ふっふっふ。前回は、カプセル薬を持ってきたら、みんなに同情されてしまったからな）

（これでも当社比、だいぶグレードアップしているさ）

俺に、女性陣のように弁当を自作できるような料理能力はない。

俺が開き直って干し肉をかじっていると、

「ジャーン！」

ユリアが、ドヤッと弁当を広げた。

どう見ても一人分ではなく、アリスと俺の三人分の弁当が入っているようだ。

「……味見はしたか？」

「あのときは、本当にごめんなさいなのです。まだ、そのネタを引きずるんですか？」

「悪い悪い、ついな」

前回、ユリアが持ってきたのは、激辛弁当（いたずら目的）だ。

その破壊力は、アリスを一撃で悶絶させるほど。

そんなことを懐かしみながら、俺はユリアの弁当に口をつける。

当たり前だが、からからの干し肉より美味しかった。

「オリオンさん。わらわも弁当を持ってきたのじゃ」

続いてプリシラが弁当箱を持って、こっちにやってきた。

（……？　なんだか、変な匂いがするような――）

「栄養満点なのじゃ。戦いの前に英気を養うのじゃ！」

プリシラが持ってきたライスは、なぜか黄色く染まっていた！

「っ？　しまった、師匠！　プリシラさんのお弁当は――」

「ありがとう、プリシラ。頂きます」

何かを言いかけるアリス。

俺はプリシラから、ライスを受け取り口に運ぶ。

……薬品の味がした。

「プリシラ――」

「ああ、遅かった。師匠、あの……。プリシラさんは味よりも栄養が大事って価値観の人で……、その、料理の腕はからっきし――」

アリスが、こっそり耳打ちしてくれたが、

「なるほど？　これは滋養健康に良いとされるハツラツ・ポーションでライスを煮込んだんだな！」

ナイスアイディアだ！　と俺は感動する。

ハツラツ・ポーション――それは雑貨屋で売られている健康薬である。栄養満点で、一度飲めばたちまち眠気が吹き飛ぶ優れものである。

「そうなのじゃ！　どうじゃ、味のほうは？」

「疲れが吹き飛びそうだ」

もともと俺は、食事は栄養カプセルだけで済ませてきた。

少し冷静に考えてみれば、ライスと栄養カプセルは別々に接種したほうが美味しいんじゃ？　なんて気もしたが、きっと気の所為だろう。この飯は、効率最強なのだから。

「それは良かったのじゃ！　なぜか職員には大層不評でな――」

嬉しそうに答えるプリシラ。

「そうでした、師匠は何でも食べられる人でした……」

「ぐぬぬ、こうなったら、まずはオリオンさんの馬鹿舌をどうにかしなければなりませんね――」

一方、後ろからはそんな失礼なささやき声が聞こえてきていた。

――そうして昼飯を食べ終えた俺たちはブラック・ドラゴンの待つ山頂に向かうのだった。

そいつは山頂に、悠々と佇んでいた。

ブラック・ドラゴン――通称・黒竜。今まで退治してきたドラゴンよりもひと回り大きく、竜種の長に恥じない巨体を持っている。肉体は漆黒に輝く硬い鱗（うろこ）に覆われており、いかなる攻撃も通さないと冒険者たちから恐れられていた。

（こいつが……、ブラック・ドラゴン！）

これまで当たり前のようにドラゴンと戦ってきて、ずいぶんと感覚が麻痺していた。

こいつは、ドラゴンは人間よりも遥かに強大な生物だということを思い出させてくれる。

「こいつを相手にソロなんて、あまりにも無茶じゃ！」

あまりの威圧感に気圧されたように、プリシラがそう叫ぶ。

「わ、私も流石にあれを相手にソロで挑もうとは思わないです」

「さすがに別格の強さなのです……」

「オリオン君、どうする？」

エミリーが油断なく弓を構えながら、そう俺に問いかけてくる。

「エミリー、あいつの弱点はわかるか？」

「それが鑑定してるんだけど、弱点が見えないの」

エミリーの言葉は、信じ難いもので。

通常、自分より強大なモンスターを相手にするなら、いかに相手の弱点を突くかが大切だ。相手に本領発揮させず、こちらの強みを押しつけるような戦いが理想。

アリスが炎龍相手に戦ったときは、つい柄にもなく正面から力比べをしてしまった。本来、あのような戦い方は下策もいいところなのである。

「オリオンさん、わらわが様子を見てくるのじゃ！」

「分かった、どうか気をつけて」

プリシラが先陣を切って、ブラック・ドラゴンに飛び込んでいく。

魔法を纏った刀身が、ブラック・ドラゴンの鱗に激突し、
キーーンッ！

そう甲高い音とともに弾かれる。

プリシラは衝撃を生かして、くるくる回転しながらこちらに戻ってくると、

「し、信じられないほどに硬いのじゃ！」

プリシラの斬撃は、風雷山のモンスターを一撃で切り伏せるほどの威力がある。その一撃を受けて、鱗に傷一つない――信じられないほどの防御力だった。

「プリシラ様、ブラック・ドラゴンとの戦いの経験があると言ってましたよね」

「ああ。といっても、わらわは指揮していただけじゃが……」

「その時は、どうやって倒したんですか？」

アリスの質問に、

「あいつは、首筋の皮膚が弱点じゃった。それにここまで鱗も硬くなく、普通に斬りつければ傷つけることぐらいはできたはずじゃが――」

プリシラが、険しい顔でブラック・ドラゴンを睨みつけた。

その言葉が意味するところは……、

「まさか……、変異種!?」

よりにもよって、である。

なんせ相手は、ただでさえ危険度の高いドラゴンの最上位種なのだ。その変異種ともなれば、どれほど危険な相手かは想像に難くない。

「到底、わらわたちだけで手に負える相手ではないのじゃ。いったん街に戻って、国主導の緊急クエストに切り替えてもらうのじゃ」

それが常識的な判断なのだろう。

だとしてもこのクエストには、そもそも俺がクワドラプルとして相応しい実力を持っているということを示すという目的もある。

その目的を考えれば、むしろ目の前にいる相手は、

(相手にとって不足なし!)

俺は、むしろやる気になって、

「出よ、ファイア・ドラゴン!」

気がつけばそう叫んでいた。

炎+炎+炎+炎のクワドラプル・スペル。

幸いこの地は、さまざまな色のマナで満ちている。赤や橙色のマナを大量に消費する魔法であったが、問題なく起動することができた。

「それが、オリオンさんをクワドラプルたらしめる――古代魔法」

戦いを見守っていたプリシラが、はっと息を飲む。

「ブラック・ドラゴンの変異種がなんだっていうんですか」

一歩前に出る俺を見ながら、アリスが自慢げにこう口にする。

「師匠の魔法は最強です。相手にもなりませんよ」

――と。


そうしてドラゴン同士の戦いが始まった。

ブラック・ドラゴンの変異種の最大の武器は、その硬さだろう。

このダンジョンの敵を、容易く一刀両断していたのだ――プリシラの刀の威力だって、トリプルやクワドラプルの魔法に匹敵するほどの威力を誇るはずだ。それを弾くとなると、普通の方法で傷つけることは不可能に近い。

事実、俺が使役するファイア・ドラゴンの爪は、まるでブラック・ドラゴンの鱗に歯が立たない。

(純粋な破壊力にはこれでも自信あったんだけどな……)

俺は、冷静に戦況を観察する。

どうやら単純なスペック勝負では、相手に軍配が上がるらしい。

(ふむ――)

(どうしたものかな……)

あの鱗が硬いだけであれば、いろいろとやりようはあるだろう。

だけども、そのための時間を与えてくれるかが問題だ。

ドラゴンは、一般的に知力の高いモンスターであるとされる。鱗を貫けるだけの魔法を準備している時間を、みすみすあいつが与えてくれるだろうか。

戦い方を考え込んでいると、

「師匠、重ね合わせの原理ってファイア・ドラゴンに対しても使えますかね」

アリスが、とんでもないことを言い出した。

「流石(さすが)に無茶だろう。ファイアボールだけでも苦労するんだ。あれほどの複雑な魔法を完全にシンク

ロさせるのは、人間には不可能だ」

「ならドラゴンが吐くブレスなら？」

正確には、ドラゴンが吐くブレスを模した攻撃だろうか。

それならたしかに、純粋なエネルギーの塊。ファイア・ドラゴンの魔法そのものを合わせるよりは、少しは難易度が下がるかもしれないが……、

「ブレスの制御は、どっちもアリスに任せていいのか？」

重ね合わせるなら、ブレスの制御をドラゴンから切り離す必要がある。ドラゴンにブレスを吐かせるなら、結局はドラゴンの完全な制御が必要不可欠になってしまうからだ。それは不可能——ならばブレスを単独で行使する必要がある。

ファイア・ドラゴンの体は、あくまで魔法を使うための補助装置といったところか。

「さすがは師匠です。そこなら重ね合わせられるぐらいに術式をシンプル化できるんだと気がついたんですね」

にこりと微笑むアリスだったが、

「ですがブレスを二つ制御するのは、私には無理です」

とアリスは言う。

「なら、今回の作戦は——」

「大丈夫です！　師匠の魔法はずっと見てきました。それにこの魔法だけなら、私は誰よりも詳しいです——きっと合わせられると思います」

そこにあったのは、俺なら合わせられるという信頼。

そして自分がこの魔法を生み出したという努力に基づく圧倒的な自信。

「それに私の今の理想は、あの日の師匠が見せてくれたファイア・ドラゴンですから――合わせます」

そう頼もしい発言とともに、アリスは術式の詠唱を始める。

莫大な魔力が、アリスの周囲を渦巻いている。

やがて現れたのは、無骨な作りの炎の龍。以前見せてもらった精緻な作りではなく、ただ荒々しく、相手を殲滅するために作り出された攻撃魔法。

（なるほど。ここまで構成がシンプルになっているのなら――）

魔法の構成が、遥かにシンプルになっている。

おおよそ複雑な動きはできないだろう。

それでもこの戦況を切り開くためには十分な威力を秘めており、

「どうですか、師匠？」

「ああ。それなら〝合わせられる〟」

これは俺とアリスだからこそ発動できる魔法。

『ファイア・ドラゴン――ブレス！』

一か八かにも程があった。

俺とアリスの使役するドラゴンは、それぞれブレスを吐く。

寸分違わぬタイミングで射出されたそれは、見事にブラック・ドラゴンに着弾する直前に重なり、

ドゴーーン！

凄まじい轟音とともに直撃する。

完全ではなかったが、たしかに今持てる最大火力を叩き込むことには成功した。

「や、やったのか？」

「プリシラさん、それフラグです……」

もうもうと砂埃が立ち上る。

その砂埃が晴れたとき、目の前には寸分違わぬブラック・ドラゴンの姿があった。

完全なる無傷という訳ではない。ブレスが直撃した部位の鱗は、無惨にも剝がれ落ちていたし、のけぞる様子からはたしかに効いているようであったが、

「くっ、駄目か——」

完全にとどめを刺すには至らず。

本格的に撤退することも視野に入れ始めたとき、

『今の一撃、見事だ。人の子よ——』

心の中に、そんな声が聞こえてきた。

「なっ？」

『何を驚いておる。我だよ、我』

「まさか、ブラック・ドラゴン？」

『この場に念話を使える者が、他に居ると思っておるのか』

ブラック・ドラゴンは、ふむ――と考えこむ。

念話――すなわち思念をそのまま伝える情報伝達手段だ。

だとしてもモンスターはモンスター同士で、人間は人間同士で行うのが常識。まさか人間とモンスターとで使えるとは思わなかった。

「なぜ、俺はおまえと話せている」

『ふっ、何を今更。貴様の使う魔法は、大元を我らモンスターとルーツを同じくするものだろう――念話が使えたとしても、何もおかしくはあるまい』

何もおかしくなくはないと思う。

だけども深く考えても、わからないことはわからなそうだ。

反応に困る俺を見ながら、ブラック・ドラゴンはこんなことを言い始めた。

『礼を言う。貴様のいい一撃のおかげで、どうにか洗脳から目が醒めたぞ』

「洗脳？」

それが事実だとしたら、とんでもない事実だ。

『ああ。なかなか抗いがたい術式で――人を見かけ次第襲えとな』

抗いきれなくなれば、人里を襲っていたかもしれない。

そんなゾッとする事実を思念で伝えてくるブラック・ドラゴン。通常、知性あるモンスターは、よ

ほどの理由がなければ人里を襲うことはない。襲撃された人間は一致団結し、最後には報復されるということを、高度な知性を持つモンスターは知っているからだ。

「誰なんだ。その洗脳をかけた奴は？」

『我にも分からぬが……、あれは我らモンスターの仲間だ。人間界に入り込んでいた仲間で——いったい何を目的としていたのか』

「人間界に入り込んだ——モンスター!?」

背筋に冷たいものが流れ込んだようだった。

モンスターが人間界にひっそりと入り込んでいるという恐ろしい事実。人間に化けているとなれば、単純に暴れまわるモンスターより、はるかに厄介な相手である。

（ただ、ブラック・ドラゴンの討伐依頼を受けただけのはずだったのにな）

（変異種の洗脳——人間界に入り込んだモンスター、か。勘弁してほしいもんだ）

実に、きな臭いことこの上ない。

『——お主は、いったい何者なんだ？』

一方、ブラック・ドラゴンからしても引っかかることがあったらしい。

射抜くような視線が、ブラック・ドラゴンから注がれる。

（何者か、か……）

人には見えぬマナを見て、モンスターの操る力を使いこなす。

さらにはモンスターと会話する俺は、果たして何者なのか。

――そんなことは俺が知りたい。

そう思ったけれど、以前ほどの渇望はなかった。この力の正体がたとえ何であれ、決して離れていくことはない仲間が居ると確信できたから。

俺の答えは決まっていた。

「俺はオリオン、冒険者だ」

『ふむ……、なるほどな』

ブラック・ドラゴンは、静かに考え込んでいたが、

「ふむ、みのたんから聞いたとおりであったな。人間であることを選びながら、それほどの力を振るうとは――なるほど、面白い」

「み、みのたん？」

『グレート・ミノタウロスだ。貴様が以前従えただろう』

それは、ユリアたちとダンジョン攻略に潜ったときのことだ。

たしか相手の咆哮を真似たら、相手を従わせる魔法として機能したんだっけ。

それにしても、みのたん。みのたん、か……。強面のブラック・ドラゴンの口から出てくる言葉とは思えず、変なギャップに反応に戸惑ってしまう。

黙り込んでしまった俺を見て、ブラック・ドラゴンは何を思ったのか、

『いいだろう。我も力を貸そう』

——などと言い出した！

「は？　え？」

『なんだ？　不満か？　やっぱり戦うか？』

「いやいやいやいや！　力を借りれるなら借りたいが……、いいのか？」

唐突な申し出に、フリーズしてしまった。

ブラック・ドラゴンは、到底、人間に従えられるような相手だとは考えられていなかった。

それこそ決着は、倒すか、倒されるかだけだと思っていて。

だけどもそれは、グレート・ミノタウロスのときも同じことで——。

『ふむ。我のことは、気楽にらっくと呼ぶが良い』

「さすがに気楽には呼べないですけどね？」

『何か不満が？』

「いえいえいえいえ、何でもないです——よろしく、らっく」

『ああ、よろしく』

そう言いながら、ブラック・ドラゴンは俺にひれ伏した。

——まるで俺に忠誠を誓うように。

「師匠、まさかブラック・ドラゴンを従えたんですか？」

アリスが、驚愕の声を漏らす。

「た、たぶん……」

従えたというのは、少し違う気がする。対話し、最終的に気まぐれで力を貸してくれることになった、という表現が正しい。

俺だって、未だに半信半疑だ。

「とんでもない場面を目的してしまったようじゃな――」

プリシラは、唖然としていた。

最初に戦い、まるで刃が通らなかった相手。その脅威は嫌というほど身にしみている――だからこそ、目の前の光景が信じられないのだ。

「なるほど。やはりお主は、未来を左右する存在なのじゃな」

「そんな……、大げさですよ」

俺は、軽く笑い飛ばそうとした。

――笑い飛ばそうとしたが、プリシラの大仰(おおぎょう)な言葉は真剣そのもので。

「そうです。ようやく世界が師匠の凄さに気づき始めたんですね」

一方、アリスはそんなことを、やっぱり楽しそうに言うのだった。

《エドワード視点》

風雷山の一角に、一人の男が立っていた。

男の名はエドワード――勇者ダニエルの師匠として振る舞っていた男だ。

否、その男の正体は、人間界に入り込んだモンスターの一人であり……、

「くそっ、奴は本当に何者なんだ？」

人間界に張られた結界には、綻びが生じている。

各国にはモンスターの手のものが入り込み、それぞれの国の結界を破壊する手筈になっている。

そうして結界を失った世界で、強大なモンスターが大陸全土を襲撃する。

その計画は、ついに最終段階を迎えようとしていた。

計画の最後の脅威になるのが、一年前以上に〝失わせた〟古代魔法の技術であり――オリオンという古代魔法の使い手であった。

「奴に注目している人間は増えている」

最初は、秘密裏に消すことを計画していた。

事故に見せかけ、オリオンという人間を抹殺しようとしたのだ。

馬鹿な弟子――ダニエルに奴を追放するように仕向け、孤立するように仕向けた。あとは隙をついて配下のモンスターに殺されれば、どこにでもある悲劇の出来上がりだ。

だが、まるで上手くいかなかった。オリオンという人間は、天才少女と出会い、またたく間に人間界で頭角を現してしまったからだ。

エドワードとて、手をこまねいて見ていた訳ではない。

ユリアという刺客をけしかけた。

馬鹿弟子を利用して、リッチの復活に巻き込んだ。

——そのいずれの計画も大失敗であった。

このままオリオンという人間を放置すれば、モンスターにとって無視できない脅威となる。

だから「古代魔法の存在を隠蔽するため、オリオンがモンスターに消された」と人間たちにバレる危険を犯してでも、確実にオリオンを葬るための策を取ったのだ。

それは言うなれば、なりふり構わぬ強硬策。

奴がドラゴン退治に向かうと聞き、そのドラゴンを最強の刺客に仕立て上げたのだ。

ブラック・ドラゴン——ドラゴンの最上位種だ。さらに進化の実を食わせ、変異状態に作り上げたのだ。まさに盤石の布陣——しかし、計画はまたしても失敗した。

「くそっ。ブラック・ドラゴン——魔王の右腕ともあろう者が日和りよって！」

ギリリリと歯ぎしりするエドワード。

ブラック・ドラゴンは、根っからの平和主義。

現魔王は、積極的に人間界に攻め入り人類を根絶やしにしようとしている。一方、ブラック・ドラゴンは、先代魔王との約束を忠実に果たし、人間と和平を結ぼうとしている。

洗脳が解ければ、人間を襲わなくなることは当たり前だった。

——まさかオリオンのやつに従うとは、予想外だったが。

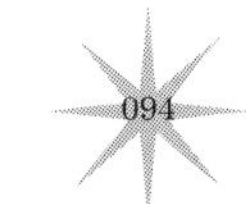

「ついに、見つけたぞ！」

そのとき、エドワードに背後から話しかける男がいた。

その男には見覚えがあった。

一度、死闘を繰り広げ、今なお執拗に追い回されている相手だったのだ。

「また貴様か、ジークフリート！」

「久しいな、エドワード。今日こそ、ここで貴様を討たせてもらうぞ！」

こいつもまた、失われし古の時代の技術を断片的に知っている人間だ。

救世主プリシラに手を貸し、モンスターの侵攻に備える厄介な敵。こいつのことも秘密裏に消そうとして、返り討ちに遭いかけた因縁の相手でもある。

——まともに相手をしてられるか！

将来的な脅威でいえば、オリオンが断トツである。

それでも、世界各地の魔法を極めたジークフリートという男も侮れない。

「————チッッ！」

ジークフリートは、救世主プリシラと似た戦い方をする。

すなわち刀剣に魔法を纏わせ、ゴリゴリの接近戦を仕掛けてくるのだ。

「悪いが今日は、貴様の相手をしている暇はない。撤退させてもらうぞ！」

「待てっ！」

魔法の斬撃を受け止め、エドワードは目くらましを放つ。

さらに振り向きざまに猛毒の霧を浴びせかけようとするが、その一撃は空振りに終わる。

だがそれでも問題はない。この攻撃の目的は、ジークフリートを倒すことでなく、離脱の時間を稼ぐためだったのだから。

「そう焦るな。終末の日になれば、また相まみえることになるさ」

「ほざけ！」

ジークフリートは、なおも剣を構えてエドワードに斬りかかる。

——だが、あまりにも遅い。

その一瞬で、エドワードはすでに転移魔法を完成させている。

「くそっ、また取り逃したか」

姿をくらませたエドワードを見て、ジークフリートは静かにそう毒づくのだった。


「それにしても、奴らがこうも執拗にオリオンを狙うとはな」

高位のモンスターは、明らかにオリオンを危険視し始めている。

特別な力を持つオリオンがモンスターに目をつけられるのを防ぐため、これまで接触は避けてきたがそろそろ潮時かもしれない。

オリオンの持つ強大な力が、彼が部外者でいることを許さないのだ。

「いや、俺には俺のやるべきことがある……、か」

終末の日——すなわち人間界に張られた大結界が破られる日。
そんな日が訪れるのを防ぐため。
今日もジークフリートは、人知れぬ場所で戦いを続けている。

俺だけ使える

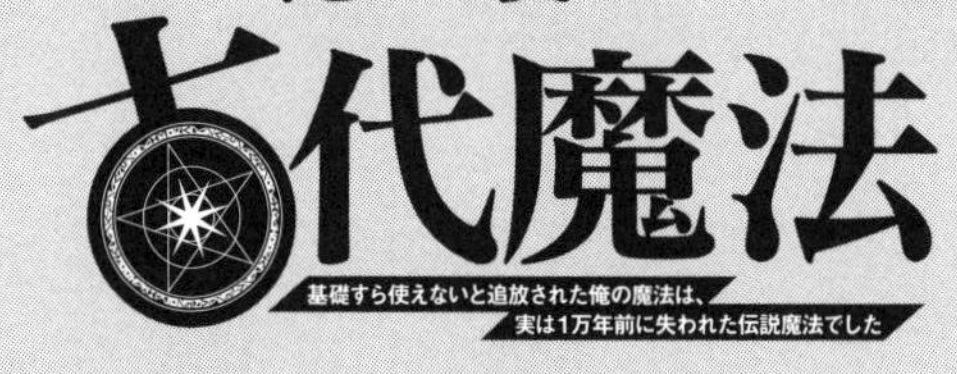
古代魔法
基礎すら使えないと追放された俺の魔法は、
実は1万年前に失われた伝説魔法でした

三章

三章　古代魔術師、温泉に誘われる

プリシラたちとクエストに向かってから数日後。

俺たちは、それまでと変わらず研究に打ち込む日々を過ごしていた。

そんなある日の昼下がり。

「すみません、オリオンさん。無のクワドラプル——オリオンに合わせろ！　と言って聞かないパーティが来ているのですが」

そう魔術師組合の職員から相談があった。

(俺たちに会わせろってパーティだと)

そこはかとない嫌な予感に襲われながら、俺は魔術師組合の建物の入り口に向かう。

そこには予想どおり、勇者ダニエルと恥ずかしそうなルーナの姿があった。


「相談？　別に構わないが、ひとまず研究室に戻ってからでいいか」

結局、俺はダニエルとルーナを研究室に案内した。

話したいことがあると、深刻そうな顔をされてしまったからだ。

ダニエルもルーナも、魔術師組合の本部の建物に入るのは初めてらしい。目をキョロキョロとさせていたが、案内された先が物置倉庫なのを見て、同情する様子の二人をよそに、俺は二人を研究室に招き入れるのだった。

と困惑されてしまった。

「「ぇえ……」」

「「……はあぁ!?」」

中に入るなり、ダニエルとルーナは目を丸くして素っ頓狂な悲鳴を上げた。

ギルベルト、プリシラに続いてこの二人──三度目ともなれば、すっかり反応にも慣れたものだ。

ちなみに外見を補修しないのは、ユリアの発案だったりする。

この少女、完全に面白がっている。

そうして二人に座ってもらい、紅茶を出したところで……、

「本当にすまんかった。まさかこんな強引な手に出るとは思わんくてな──」

「まさかこんな大騒ぎになるとは思わなかったんだ……」

ルーナとダニエルが、まっすぐ頭を下げてきた。

本来であれば面会の手続きを取ってから来てもらう手筈だったのだが、なぜか俺へのアポイントメント希望は、後を絶たない状態だったらしい。

面倒くさがった俺とアリスは、基本的にはすべての面会を断っている。

結果、ダニエルからの面会希望も当然断られることになり、苛立ったダニエルが魔術師組合の本部に乗り込んできたという訳だった。

（無駄に行動力があるからな、こいつ……）

アポなしでアリスの勧誘に向かい、こっぴどく拒絶されたことを忘れたのだろうか。

そんな「何しにきたんだ……」という俺たちの視線を受けて、

「頼む、オリオン。俺たちと温泉に行ってくれ？」

ダニエルは、そんな訳のわからないことを言い出した！

「「――は？」」

アリスとエミリーが、ゴミでも見るような目でダニエルを見る。

俺も意味がわからず、かける言葉もない。

「アホッ！　言葉足らずにも程があるわ！」

隣にいたルーナがダニエルの頭を引っ叩き、

「この間の謝罪と、相談に乗ってくれるお礼に温泉をプレゼントする。そういう話や」

ルーナが、そう補足した。

（なるほど、状況はわかった）

（状況はわかったが……、やっぱり訳がわからないな？）

ダニエルの顔を見れば、真剣な相談事があるのは分かる。だが……、

「なぜ温泉？」

「オリオン、おまえ昔ゆっくりと温泉で疲れを取りたいって言ってなかったか？」

「いつの話だ、それは……」

トンチンカンな答えに、俺は思わずジト目になってしまう。

（まあ、悪気があってのことではないみたいだな）

そう判断した俺は、そのままダニエルたちと温泉に行くことを決めるのだった。


俺たちが向かうことにしたのは、以前訪れたダンジョン近くの有名な温泉だ。

一部の者の間では呪いにも効果があるといわれており、訪れる観光客が続出しているという話だ。

（そういえば、たしかに温泉に行きたいなんてことを話したな）

（あれは、昇格試験が終わった打ち上げの席での話だったか――）

俺たち幼馴染パーティは、今でこそバラバラだがパーティを組んでいた時間は長い。

そんな思い出を懐かしんでいると、

「師匠、温泉が好きなんですか？」

ひょこっとアリスが話しかけてきた。

「特別好きって訳ではないぞ？　ただ……、あの頃は慣れない魔法運用で、随分と疲れて無性に入りたくなってな――」

勇者パーティ時代は、基本的に魔法と名のつく部分はすべて俺が担ってきた。

今でこそアリスやユリアが居るから役割はバラけたが（ちなみに今度は、前衛がまるで足りない）慣れるまでは、本当に苦労したものだ。

そんなときを懐かしんでいると、

「あれは、プリシラか？」

「あれ、本当ですね」

俺たちは、見慣れたぴょこぴょこっと動く狐耳を発見する。

「プリシラさん、プリシラさんも温泉に入りに来たんですか？」

「おお、アリス、アリスにオリオンさんまで！」

アリスの呼びかけに、プリシラは楽しそうにこちらにやってきた。

「プリシラもここに来てたんだな」

「そうじゃ。長引くブラック勤務――そんな日々で、これだけが生き甲斐なのじゃ」

ホクホクした顔で、そんなことを言うプリシラ。

「ところで、そちらの二人は誰なのじゃ？」

「俺はダニエルだ。こっちはルーナ」

「ほ～ん、お主がオリオンを追放した勇者たちか――」

俺たちが紹介すると、プリシラはじろじろとダニエルを見ていた。

緊張するように身を固くするダニエルたち。

「あまりそのことを言ってやるな。もう済んだことだ」

俺の言葉に、やがてプリシラは相好(そうごう)を崩し、

「まあ、お主らの間で話がすんでいるなら、わらわから言うことは何もないな。ここの温泉は本当に最高じゃぞ！」

そう上機嫌に鼻歌を口ずさみながら、スタスタと浴場に入っていくのだった。


その後、俺はパーティメンバーと別れダニエルと男湯に向かう。

ここなら誰にも聞かれることはない。

ダニエルの話を聞くには、うってつけだろう。

「すまんな。こうして時間を作ってもらって――」

「おまえがその調子だと、調子が狂う。普段どおりで良いぞ」

今までのダニエルなら、むしろ時間を作るのは当たり前ぐらいの態度で来ていただろう。

極端に態度を変えられても、正直、反応に困るのだ。

「おまえまで、普段どおりでなんて言うんだな……」

「ん？　他にもそんなことを言ったやつがいるのか？」

「ああ。ルーナが……、な」

――ふと、ルーナの本音を聞いた日を思い出す。

――微笑みを浮かべながら、ダニエルを孤立させて依存させたいなどとのたまっていたルーナ。

大丈夫だろうか。

……きっと、大丈夫だろう。

「ルーナとは、上手くやってるのか」

「ああ。しょっちゅう怒られてるけどな」

今のダニエルに、勇者の地位に妄執する姿は見られない。

「おまえが『よく怒られてる』なんて素直に認める日が来るとはな」

「残ってくれたメンバーのためにも、これからは本当の意味で勇者パーティに相応しくしたいんだ。まだまだ先は遠いけどな」

そう話すダニエルは、たしかに一歩ずつ前に進み始めたようで。

「そうか――」

俺は湯船に浸かり、ぷはーと息を吐く。

ゆったりと温まり、体の疲れを癒やす。

ああ、本当に最高の贅沢だ。

「それで、今日は何の用だ？」

「そうだった。実は、師匠のことでな――」

「ああ。姿をくらませたっていう……」

そう言ってダニエルは、相談事を口にするのだった。

そこで相談を受けた内容は、衝撃的なものだった。

エドワードが、俺たちのことを殺そうとしていたという推測。

「まさか、さすがにおまえの考え過ぎじゃないか？」

「俺も最初はそう思ったさ。だがな……、状況を考えるとそうとしか考えられないんだ」

ダニエルが口にしたのは、ギルドマスターであるエドワードへの疑念だった。

特に決定的だったのは、ダニエルが渡された魔導書だ。たしかにあれのせいで、アリスの村でリッチが復活することになった。

「だとしてもおまえが、あそこであんなものを発動する保証は――」

「言い訳がましく聞こえるかもしれないけどな。俺はたしかに行動を誘導されてた――手柄に焦って、単独でゴブリンの巣に乗り込むようにな」

「まさか――」

ギルドマスターことエドワードには、随分と世話になってきた。

できれば疑いたくないところだが――ダニエルの話が事実なら、怪しいところが多すぎた。

何より突然、姿をくらませたのは事実なのである。

「ダニエル、そういえばおまえが俺を暗殺しようとしたって噂が流れたとき……」

「なんだよ。言っておくが俺はやってねえぞ？」

「ああ、それはわかってる――」

ユリアが見たという冒険者ギルドライセンス。

エドワードは、そんな人物は冒険者ギルドには居ないと言っていたが――エドワードが自ら偽物のライセンスを用意した、と考えれば辻褄が合うのではないだろうか。

「ダニエル、仮におまえの予想が合ってたとして。いったい何のために」

「理由はわからねえ。だが師匠――いや。エドワードは、おまえを狙っていると思うんだ」

深刻そうな表情で、ダニエルがそう言った。

「ま、まさか――」

「だって他に考えようがないだろう」

――少なくともアリスの故郷で起きたことは、間違いなくおまえを狙っていた。

ダニエルはそう告げた。

「エドワードの奴は、これからもおまえのことを狙い続けると思う。何か最近、変わったことはなかったか？」

「変わったことか――」

俺は、最近あったことを思い返す。

（そうはいっても、基本的には研究室に籠もって魔法の研究をしてたしな――）

（変わったことといえば――）

「あ、そういえばブラック・ドラゴンが何者かに操られていたな」

「は？　ブラック・ドラゴン？」

俺の言葉に、ダニエルはギョッとしたように目を見開いた。

「ああ。魔術師組合の奴らに実力を示してほしいと、プリシラに頼まれてな」

「それでブラック・ドラゴンを――相変わらずとんでもない奴だな……」

ダニエルはあんぐりと口を開けていたが、

「それで操られていたってのは、なんでわかったんだ？」

「そう聞いたからな」

「誰に？」

「ドラゴンに」

何を言っているのか分からない、とダニエルは首を横に振る。

ブラック・ドラゴンの変異種――たしかに圧倒的な強敵だった。アリスとクワドラプル・スペルを重ね合わせ、それでも倒すには至らなかった最強の相手。

「おまえ、ドラゴンと喋れたのかよ？」

「ああ、驚くことにな。というより今も普通に喋れるぞ」

ドラゴンとの会話に使う念話に、物理的な距離は特に関係ない。その気になれば、今もブラック・ドラゴンと会話できるはずだ。

「そうだ。何ならここに呼んで、エドワードについて聞いてみるか？」

そんなことを言う俺を、ダニエルが慌てて止めてくる。

「まさかブラック・グドラゴンを従えるなんて離れ業をやってのけるとはな――オリオン、本当におまえのことが恐ろしいぐらいだよ」

しみじみとそう呟くダニエル。

実際、俺だって予想もしていなかった。

（以前、グレーとミノタウロスを従えたロア・ハウリングも）

（今回のことも……、やっぱりおかしいよな）

考え込む俺をよそに、ダニエルは本気で心配しているような表情で、

「エドワードの奴は、今もおまえのことを狙っているはずだ。俺も俺で調べてみるが――オリオン、とにかく気をつけてくれ」

「ああ、ありがとな」

ダニエルの相談は、ただ、こちらの危機を伝えるもの。

俺が礼を言うと、ダニエルはきょとんとした顔をしていたが、

「やめろよ、礼なんて」

とプイッと顔を背けるのだった。

《アリス視点》

私――アリス・バーグは、ぐぬぬと唇を噛んでいた。

せっかく温泉に来たのに、ここは男女別の浴室だったのだ。

――一緒にお風呂に入れば、あんなことやこんなこともあるかも！

――せっかく楽しみにしてたのに！

そんなことを考えていると、

「お姉さま～！」

そんな言葉とともに、金髪の少女が後ろから抱きついてきた。

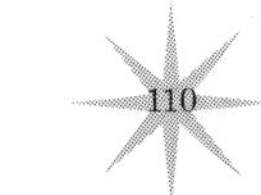

少女の名はユリア——私の魔法学院での後輩だ。思い込んだら一直線で、危なっかしいところもあるけれど、なんだかんだで私はこの後輩を気に入っている。

「もう！　は・な・れ・な・さい！」

私はいつものように、ぺりぺりっとユリアを引っ剥がす。

このやり取りもまた、いつもの光景になりつつあり、

（大事にしないでくれた師匠には、感謝しかないよ）

（今までみたいな関係が許されてること）

ユリアは、許されないことをした。

結果がどうであれ、オリオンに殺意を向けたのは事実だからだ。

それでも今もこうして一緒にいられるのは、ひとえに師匠が寛大だったからだ。

師匠の寛大さは、至るところに向けられている。

私やユリアもそう。

それに隣で湯船に浸かっているエミリーもそうだ。

きっと師匠は、ダニエルのことだって見捨てないだろう。

自分を追放した相手でも、助けを求められれば手を貸さずにはいられない。

師匠は、そんな世界最強のお人好しなのだ。

「いひゃいです、お姉さま～？」

「あ、ごめんごめん」

ついつい考え事をしていたせいで、ユリアの頬を握りっぱなしだったことに気がつく。

ユリアは涙目になり、ビューンと逃げていってしまった。

「ふふ、相変わらず二人とも仲良いのね」

そんな私たちを見て、声をかけてきたのはエミリーだ。

「ええ。あんなのでも大切な後輩ですから」

「いいなあ、後輩」

そんなことを呟くエミリーが予想外で。

(同じパーティになったっていうのに、私はこの人のことを何も知らない)

(そういえばエミリーさん、私が知らない師匠のこともいっぱい知ってるんだよね)

「エミリーさんは、小さい子が好きなんですか？」

「う～ん、どうだろう。でも故郷では、年下の面倒を見ることも多かったからね」

私の質問に、エミリーが昔を思い出すように話し始める。

それはエミリーが勇者パーティに入る前の話。ずっと師匠に片思いし、それでも些細なすれ違いから徐々に疎遠になっていった話。そんな些細なすれ違いが、ついこの間まで続いてしまったのは、きっと師匠とエミリーがどちらも真面目すぎたからだろう。

ひょんな事故で、好きな人を傷つけて。

ずっと自分のことを責め続けて、ようやく和解することができたなら。

良かったと思うと同時に、幼馴染みという自分にはない師匠との強固な絆を見せつけられたような

気もして――

「アリスちゃん、あなたオリオン君のことが好きでしょう」

「げほっ、げほっ――いきなり何を言い出すんですか？」

もやもやを抱えていると、突然、エミリーが核心をつくような質問をぶっ込んできた。

私が慌てて顔を上げれば、エミリーがいたずらっぽく微笑んでくる。

どストレートな言葉に咳き込んでしまい、私は思わずぶくぶくと湯船に潜り込む。

「し、師匠のことは、ただ一人の魔術師として尊敬してるだけで――！」

「へー……。じゃあ私がもらっちゃってもいいのかな？」

「な～？　えーっと、それは――」

あわあわ、と私は口を開く。

慌てて止めようとして……、止めようとして――？

「なんて冗談。そこまで踏み込む勇気は、まだないからね」

エミリーは、ぺろりと舌を出す。

それでもエミリーは、自分の気持ちには正直なのだ。

好き――そう胸を張って言えるエミリーが、ちょっぴり羨ましく感じた。

「好き――ですか。何でそう思ったんですか」

「アリスちゃん、わかりやすいもん。見てれば誰でもわかるよ――」

そうなのだろうか。

……え？

もしかして師匠にも気づかれて……、

「気づいてないのは、それこそオリオン君だけだと思う」

「――良かった」

「オリオン君の鈍感さは、筋金入りだからね」

エミリーは、そうため息をつく。

その深い深いため息から、エミリーの苦労が感じられるようで。

「本当に、師匠ったら――」

「まあそこもオリオン君のいいところなんだけどね」

自分への好意には、どこまでも無頓着で。それでいて、どこまでも周りへの善意だけで動けてしまう――それが師匠という人間で。

私は、思わずくすくすと笑ってしまう。

見ればエミリーも、一緒になって微笑んでいた。

そして私たちは、それからも他愛のない話題に花を咲かせるのだった。


「お姉さま、お姉さま〜！」

「お主ら！　この騒がしいのを、ちゃんと連れ帰ってほしいのじゃ！」

そんなことを話していると、遠くから助けを求めるプリシラの叫び声が聞こえてきた。

「プリシラさんの耳、しっとりしてて気持ち良いのです」

「だから、そう、気安く触るでない！」

見てみればユリアが、プリシラにじゃれついている。

プリシラは魔術師組合の長であり、普通なら関わりがなかった偉い人だ。

普通ならなかなか気楽に接せられる相手ではない。それでもユリアは物怖じするどころか、プリシラが困惑するほどグイグイと距離を詰めている。

「えい！」

「ふにゃあ？　お主、尻尾には触れるなとあれほど！」

「つい、掴まりやすい場所にあったせいで――」

「つい、じゃない！　今のは、絶対わざとじゃろう？」

ちなみにプリシラは、本当に嫌いな相手には一切反応を返さなくなるタイプの人間である。実際、ギルベルト相手には、言い訳に見向きもせず淡々と処分を下していた。

そのことを思えば、ユリアとプリシラの相性は意外と悪くない……、のかもしれない。

（まあ、アイス・ドラゴンに乗って移動したあの日から。プリシラは微妙にユリアに苦手意識があるみたいだけどね――）

本気でプリシラを怒らせたら、あっという間に魔術師組合で居場所を失いかねない。

ユリアに悪気はなさそうだが、怖いもの知らずというか何というか。幸い、プリシラにこのような態度を取る者も周りに居なかったらしく、プリシラ自身も面白がっているから事なきを得ているものの――そうでなければ肝が冷える光景である。

「すみません、プリシラさん。ほら、ユリア――行くよ」

「は～い、お姉さま！」

私はユリアを引っ張って、湯船から出るのだった。

《オリオン視点》

「師匠～！」

俺たちが露天風呂から上がってしばらく経ち、アリスたちが風呂から上がってきた。

「すみません、待たせましたか？」

「気にするな。今出てきたところだ」

アリスがいつものような笑顔で、駆け寄ってきた。

一方、プリシラはどこか疲れた様子で、

「お主らの連れじゃろう。はやく、どうか連れて行っておくれ」

そんな言葉とともに、ユリアを引き渡してきた。

「い、いったい何が……」

「師匠、プリシラさん――散々、ユリアに振り回されたみたいで……」

「な、なるほど――」

ぶんぶんとプリシラの尻尾を掴み、振り回すユリアの姿を幻視した気がした。

「ほれ。早く向こうのパーティに戻るのじゃ」

「そんな邪険にしないでほしいのです」

シッシッとユリアを追い払いにかかるプリシラ。

そんなプリシラをいたずらっぽい目で見ると、ユリアはえいやっと尻尾を握りしめる。

「ふにゃっ——だから、やめい！」

ムキになって怒るプリシラ。


それが見えてしまったのは、ほんの偶然だった。

慌てて座り込んだ拍子に、浴衣がはだけてしまったのだ。

はだけた浴衣から覗いたプリシラの腕。

——そこには、変な痣のような紋章が刻まれていた。

「「なっ？」」

「な、何なのですかそれ？」

腕に覗く禍々しい光を放つ紋章。

それは明らかに、プリシラの体を蝕んでいるように見えた。

（見たことがない魔法陣だ）

（戦闘中は、常に隠していたんだな——）

風雷山で見たことを思い出す。

戦闘の合間で見たのは、何かを隠すように巻かれた包帯だった。

何かを隠すように話題を逸らされてしまったけど——その下が、こうなっていたとは。

「——見えてしまったか？」

バツが悪そうな顔で、浴衣を直すプリシラ。

手慣れた様子で、手にしていた包帯を腕に巻いていく。プリシラは、今までのように痣を隠すよう丁寧に包帯を巻き終えると、

「知られてしまったからには仕方ないな——」

そう静かにため息をつく。

「ご、ごめんなさい。そんなつもりはなかったのです……」

ユリアは、さすがにバツが悪そうな顔をしていた。

「構わぬ。どうせいつかは話すつもりじゃったからな」

タイミングを見計らっていたとプリシラは言う。

「それが何なのか、話してくれるのか？」

「ああ。むしろ……、わらわのほうから、オリオンさんに頼みたいぐらいじゃ」

そうして俺たちは、プリシラの秘密を聞くことになる。

魔術師組合長の顔を知る者は限られている。

それでも付近に、プリシラの正体を知る者がいないとも限らない。

これから明かす秘密は、間違っても誰かに聞かれてはならない。

そういった理由で俺たちは、魔術師組合にある俺の研究室に戻ってきていた。

ここなら俺たち以外の誰も居ない。盗聴の魔法などが仕掛けられている可能性も、万に一つもないと断言できる。

そうして状況は整い、

「これはモンスターによる呪いなのじゃ」

――おずおずとプリシラが話し始めた。


呪い。

プリシラが語った内容は、シンプルだった。

「厄介な術式でな。未だに解呪はできていないのじゃ」

そう言いながらプリシラは浴衣をめくり、俺にその刻印を見せてくる。

覗き込んだ俺たちが見たのは、毒々しく光り輝く渦巻く魔法陣――思わず息を呑んだのは、俺だけではなかった。

「呪い？　いったい、何があったんだ」

「不死の呪い――咄嗟の事故であったのじゃ」

――どこから話したものじゃろう。

昔を懐かしむように、プリシラが語り始める。

それは遥か昔にあった、とあるモンスターとの戦いについてだ。

「五百年前ほど前の戦いじゃな。わらわはあるモンスターを追っていて、ギリギリまで追い詰めたところで――思わぬ反撃に遭ったのじゃ」

「五百年？」

「ああ、それもこの呪いのせいじゃな」

プリシラの言葉は、予想外の連続だった。

「奴が逃走間際に残した死の呪い――エルフの聖加護のおかげで命拾いしたのじゃ。呪いの効果は反転して――あれから、わらわの時は止まったままじゃ」

狙ったものではなく偶然の結果だったという。

かけたものを殺す死の呪い――それはエルフの聖加護により効果を変え、不死の呪いとなってプリシラに降り注いだのだという。

「それからわらわは、ずっとこの姿じゃ。不老不死、うらやましいじゃろう」

「そ、そんなこと――」

不老不死。

人によっては、羨ましいと思うのだろう。

永遠の命を求めて、その研究に一生を捧げる者も少なくないという。

しかし永遠の命を手に入れたプリシラは――実のところ、まったく幸せそうではなかった。

「それじゃあプリシラは、五百年もの間、その姿で生きてるのか」

「ああ、そのとおりじゃ」

プリシラは、こくりと頷き、

「わらわは知ってしまったのじゃ。この世界の裏では、今もモンスターがこの地に侵攻を進めようとしていることをな」

「モンスターが、侵攻を進めようとしている……、か」

プリシラが、重々しく言葉を続ける。

五百年生きているプリシラが、そう口にすることの意味は大きい。

「このままでは人類はモンスターに攻め滅ぼされる。わらわは急いで魔術師組合を立ち上げ、時には姿を偽りながら、魔術師組合の長としてこの組織をまとめ上げてきたのじゃ」

「モンスターの侵攻に抗うための組織。それが魔術師組合だったんだな」

凄腕の魔術師の集まりぐらいに認識していた魔術師組合。その本当の目的は、魔法の研究を深め、いつか襲い来るモンスターに抗うための力を手にすることだったのだ。

——五百年。

五百年もの間、プリシラはコツコツと準備を進めてきたのだ。

モンスターの寿命から見れば、一瞬なのかもしれない。だけど俺のような十年程度しか生きていない若造にとって、それは永遠のように感じられた。

「それじゃあ、俺を魔術師組合に引き入れたのも——」

「ああ、そのとおりじゃ」

プリシラの目線が、まっすぐ俺を貫き、

「わらわがお主を魔術師組合に引き入れたのは、ほかでもない。これから起こるモンスターとの戦いに、その力を貸してほしいと思ったからなのじゃ」

プリシラは深々と頭を下げ、俺にそう告げた。

(魔術師として高みを目指すことへのストイックさ)

(なるほど……。モンスターとの戦いを、誰よりも意識してきたからなんだな)

ただの冒険者である俺とは、覚悟が違う。

プリシラは本気で人類の未来を背負って、戦うことを決意しているのだ。

「無論、ただでとは言わん。わらわにできることなら何でも協力しよう」

プリシラが、畳みかけるように口を開き、

「魔術師組合で保管している資料は自由に見ていいし、興味があるのなら――その……、わらわの体を好きにしても――」

黙って聞いていたら、プリシラが妙なことを口走りだした！

「わ～、わ～？　いきなり何を言い出すんですかプリシラ様!?」

アリスが真っ赤になって、慌ててその口を塞ぐ。

「むむ、何をするんじゃ？」

「それはこっちのセリフですよ。か、か、か、体を好きにしてもって――いったい、いきなり何を言い出すんですか！」

アリスが真っ赤になっている。

そんなアリスの様子を見て、プリシラはからからと笑っていたが、

「どうじゃ？　それとも五百年生きてるババァの体に用はないか？」

「とりあえずプリシラは、もう少し自分の体を大事にしてくれ」

冗談だと思いたいが、プリシラの目は本気だった。

俺の力が借りられるなら、取れる手段は何でも使う――そんな危うさが見え隠れしていて、

（不思議なもんだな）

（ちょっと前までは、ランク外の俺には誰も見向きもしてなかったのにな）

「別に特別な報酬は要らないさ。モンスターとの戦い、協力させてもらおう」

「良いのか？」

「ああ。俺のこの力が誰かの役に立つのなら、ぜひとも役立ててほしい」

俺の魔法は、ほかの人とは違う。

最初は、この力が嫌いだった。人とは違うし、なのに評価はされないし、それでいて幼馴染みに怯えられ――何でこんな力を持ってしまったのかと呪ったこともある。

だけど今は違う。

この力がどんなものであれ、こうして俺を慕ってくれる仲間が居る。

頼ってくれる誰かのために、力を振るうことに抵抗はなかった。

（それに、この力についてこれ以上知ろうと思ったら）

（恐らくモンスターとの接敵は、避けては通れないんだよな）

グレート・ミノタウロス、リッチ、ブラック・ドラゴン――強敵と戦うたびに、俺は自分の力の新しい使い方を知ることになった。

それがモンスターとの戦いに力を貸す、もう一つの理由であった。

「私も師匠と同じ考えです！」

「お姉さまがそう言うのなら！」

「私も、オリオン君がそう言うなら！」

パーティメンバーも、次々とそう表明する。

「いいのか？」

「もちろんです。なんのためのパーティメンバーですか」

くすくすとアリスが笑う。

「というか、オリオン君の傍のほうが安全な気がする」

「それ、わかります。明日世界が滅びても、なんか師匠の周りだけは無事な気がするんですよね」

「どんなイメージだ、それは……」

エミリーの言葉に、アリスが同意していたので思わず突っ込んでしまう。

「とにかく！　師匠だけクエストに出て、研究室で待ってるのは嫌ですからね！」

「――ああ、そうだな。わかった」

当たり前のような顔で頷くアリスたち。

パーティメンバー全員で、プリシラに協力することが決まりつつあった。

そんな俺たちの覚悟を確かめるように、

「大変な戦いになる。いいのか？　そんなに安請け合いをして」

「安請け合いしたつもりはないさ。俺たちなりに考えてのことだ」

俺は、そう答える。

「それで、具体的に俺は何をすれば良い？」

「へ？　そうじゃな――」

何か計画があるのかとプリシラを見れば、彼女はぱちくりと目を瞬き、

「ひとまずは、冒険者ギルドで普段どおりにクエストを受注しておいてほしいのじゃ」

「なるほど……？」

「特別な動きを見せたモンスターが居たら、その調査に向かってもらったり。しばらくは、いざという時に備えて待機なのじゃ」

なんとも曖昧な答えが返ってきた。

「それ、あまり今までと変わってないような――」

「だって、しょうがないじゃろう。どうやってオリオンさんに力を借りようかってことだけを、ずっと考えてきたんじゃから……」

呆れたように言う俺に、プリシラがそう唇を尖らせる。

（そこまで頼りにされていたのなら、悪い気はしないが）

（今後の計画は、大丈夫なのか？）

俺の中でプリシラのイメージが、五百年間モンスターと戦い続けた修羅から、肝心なところが抜けているおっちょこちょいに格下げされた。

「なら！　お主らなら、何をするべきだと思うんじゃ？」

プリシラがムキになって、そう聞いてきた。

「う～ん。モンスターがどうやってここに攻め込んでこようとしているかを調査するとか……」

「それについては心配無用じゃ。わらわと協力者の調べで、すでに見当がついておる」

えっへん、とない胸を張るプリシラ。

敵の狙いがわかったと言っても、具体的な動きが見えるまではこちらも動きようがない。どうしても後手に回らざるを得ないらしいのが現状で……、

「それにしても、お主ら全員驚いてなさすぎではないか？」

「何がだ？」

「わらわ、五百年生きてきたんじゃぞ」

「それは驚いてるさ。不死の呪いに、それが反転したこと――想像もできない現象だよな」

「……それだけか？」

拍子抜けしたようにプリシラが言う。

「それだけって？」

「五百年、この姿で生き続けてるんじゃぞ。気味が悪いとか、不気味に思ったりとか――本当になん

とも思わないのか？」

「気味が悪いもなにも……」

プリシラの表情を見るに、過去に何かがあったのだろう。

永遠の命を得てしまったがために起きた悲劇。

「――そういう呪いをかけられたなら仕方ないだろう」

俺はそう思うが、同時にそう思わない人が大勢いることも事実だ。

俺が使う魔法に対する反応もそう。

この世界は、普通ではない者には生きづらい場所なのだ。

「そりゃ驚いたさ。呪いをかけられて、なおもめげずにモンスターと戦い続けていること――驚いたし、真似できないって思った。それぐらいだよ」

少なくとも気味悪いとは思わないし、当然、態度を変えることもない。

俺としては当たり前のことを言っただけのつもりだったが、プリシラはしばらく呆けていたが、

「お主らも同じか？」

「いえ、私は師匠ってもっとヤバイ前例に先に触れていたので……」

「右に同じく――」

「え、俺ってそんな扱いなの？」

思わぬアリスの答えに、少しだけショックを受ける俺。

「師匠の使う魔法を見ていれば、五百年生きてるぐらいなんだって思うようになりますよ」

「それは――そうかもしれぬな……」

「プリシラまで？」

やがてどちらからともなく、くすくすと笑いあう。

「なるほど、このもふもふには五百年の重みがあったのですね――」

「だからやめんか！」

一方、ユリアはあいも変わらずマイペースで。

そうして思い思いの反応を返しながらも、俺たちはプリシラ率いる魔術師組合に力を貸すことになったのだった。

《ジークフリート視点》

一人の男が、エルフの国――エルスタシアの国境沿いを歩いていた。

男の名はジークフリート――対モンスターの旗印となっているプリシラの命を受け、最近おかしな動きを見せているというエルフの里の様子を探っていたのだ。

エルフの里の調査を命じたのは、プリシラだ。

プリシラが持つ魔術師組合という強大な組織は、そのままプリシラの情報源にもなっていた。その情報の中に、エルフの里の様子がおかしいという報告も上がってきていたのだ。

「結界の維持にも危険が及ぶ可能性あり、か」

今、一番警戒するべきは、結界の綻びだとプリシラは考えているようだった。そして、ジークフリートも同じ考えを持っている。

だからこその、今回の調査依頼だ。

「やれやれ、まだ休めるのは先のようだな」

思い出したのは、エドワードというモンスターのことだ。

狡猾なモンスターだった。あいつのようなモンスターが人間界にすでに入り込んでいるのなら、そう遠くない将来何かを仕掛けてくるという確信があった。

「俺の役割は、結界の維持。結界が正しく張られる秩序を保つこと」

確認するようにジークフリートは呟く。

今、ジークフリートは、大陸中をめぐり五大国家の結界の様子を探っているところだ

人類、エルフ、ドワーフ、獣人族、鬼族——その五種族による五大結界を守り抜くことが、何よりも大切な使命であった。その五つの結界が互いに共鳴することで、強固な結界となり——大型モンスターの侵入を防いでいるのだ。

「これから向かうのはエルフの国——エルスタシアか。なにやら最近、おかしな動きがあると聞くが……。杞憂であってほしいものだな」

他種族のことだから放置しておいていい、ということはない。

五大種族の結界は、互いに影響しあって一つの大結界となっているからだ。

もしひとつでも結界が失われれば、たちまち大陸全土を覆い尽くす結界にも綻びが生じることだろ

う。そうなれば、魔界の奥にいる強大なモンスターがたちまち攻め込んできて、この大陸は瞬く間にモンスターに攻め滅ぼされることだろう。

「奴らは、そうなってからの心配をしていたようだが――」

それは結界を崩すための手引きは、すでに済んでいるということ。

想像するだけで背筋が凍るような未来予測だ。

「――そんな事態は、起きてはならんのだよ」

何をしてでも、断じて防がねばならない。


――それは、本当にただの偶然だった。

ジークフリートが見たのは、何かに追われるように走る一人のエルフの少女だ。数名のエルフの傭兵が、その少女を追いかけ回している。

「へっへっへ、悪く思うなよ！」

「これも情報、リリアンヌ様の命令だからな！」

エルフの傭兵の人数は、全部で六人。

エルフの少女も巧みに抵抗していたが、さすがに多勢に無勢。

高く飛び上がっていたところを撃ち落とされ、地面に叩きつけられてしまう。

じりじりと囲み、距離を詰める傭兵たち。

――逃げ場がなく万事休す。

そう少女が、絶望の表情を浮かべたところで、

「一人の少女を相手に、この人数で襲いかかるのか？　恥を知れ」

割って入る人影があった。

ジークフリートが、剣を携え少女を庇うように立っていたのだ。

「立てるか」

「あ、あなたは？」

「名乗るほどのものではない。なにやら事情があるようだが——」

おずおずと立ち上がるエルフの少女を立たせるために、ジークフリートは手を伸ばす。

「エマと申します。助太刀（すけだち）、ありがとうございます」

「話は後だ」

礼をしようとする少女を止め、ジークフリートは辺りを警戒していた。

「すっかり囲まれているな——」

「え？」

「この六人だけじゃない。奴ら、よっぽどお前さんのことを消したいらしいな」

気配はざっと二十ほどか。

やってやれない数ではないが、相手もかなりの手練のようだ。

この少女を守りながらとなると、なかなかどうして難易度が高そうだ。

咄嗟に助けに入ってしまったが、この少女は本当に助けるべき相手なのだろうか——ジークフリー

トがまず最初に考えたのは、そんな当たり前の疑問だ。

「おまえさん、いったい何をしでかしたんだ？」

「あなたは私のことを知らないんですね」

「有名人か？」

「聖女——そう呼ばれておりました」

「なっ？」

思わず言葉を失うジークフリート。

エルスタシアの聖女——それは、エルフの結界を張っている超重要人物である。

ここで出会えたのは奇跡としか言いようのない幸運であったが、そのような人物がなぜ命を狙われるハメになっているのか。

「なんで聖女が、命を狙われている？」

「それがリリアンヌ様の命で——私は、偽聖女として国を追放されたのです」

「——はぁ？」

訳が分からない。

いったいどうして、何が起こっているというのか。

それでも確実に言えることは、もう一刻の予断もないということ。

今、エルスタシアに聖女は居ない。このまま放っておけば、そう遠からぬ将来エルフの結界が消滅し、雪崩のように大結界も崩壊するだろう。

「それで偽聖女として追放された君が、なぜ命を狙われている？」

「リリアンヌ様——真の聖女だと言われている方です——にとって私が邪魔だったんだと思います。すみません、こんな面倒事に巻き込んでしまって」

「いや、むしろギリギリ間に合ってホッとしているところだ」

真の聖女が、濡れ衣を着せられ暗殺の憂き目にあっている。

意味がわからないが、どうやらそういう状況らしい。

「どこの誰だか分からないが、その女を引き渡してもらおうか！」

「リリアンヌ様が、その首をご所望なのだ！」

「リリアンヌ様とやらは、随分と趣味が悪いようだな！」

ジークフリートはそう言いながら、静かに剣を抜く。

彼が背後に庇うのは、エマと名乗った小さな少女。結界のかなめであり、確実に守り抜く必要があるとジークフリートは確信していた。

「俺が、ここで足止めをしよう。逃げられるか？」

「はい、私これでも聖女として厳しい修練を積んできましたから」

尋ねるとそんな力強い返事が返ってくる。

「冒険者ギルド——いや、魔術師組合のプリシラに助けを求めなさい。あるいはオリオンという少年に……、必ず君の助けになってくれるはずだ」

「魔術師組合——、プリシラさん、オリオンさん……、ですね」

見えない糸をたぐるように少女は呟き、一目散に森の中に駆け出していった。

「追え、決して逃がすな？」

「リリアンヌ様を害そうとした悪魔を殺せ？」

傭兵たちが追撃の指示を出すが、

「おっと、おまえらの相手は俺だ」

追いかけようとする人影の前に、ジークフリートが立ちはだかる。

「人間。エルフに森で戦いを挑むか」

「不利なことはわかってるさ。でも俺にも引けない理由があるんでね」

エルスタシアの森は、とにかくエルフに有利に働く。

森の中で、エルフは普段に数倍の速さで詠唱し、数倍の威力の魔法を放ってくるといわれている。

一方、その他の種族は、マナが乱れて魔法がまともに使えなくなる。エルフに森の中で戦いを挑むのは、命知らずの馬鹿がやること。それが定説だ。

——それでもこれは決して引けない戦い。

それでも注意を引きつけ、少しでも時間を稼ぐ必要がある。

「来たまえ。くだらぬ陰謀ごと、叩き切ってくれよう」

「リリアンヌ様に仇なす者は死ねぇえ!!」

——そうして人知れず、戦いが始まろうとしていた。

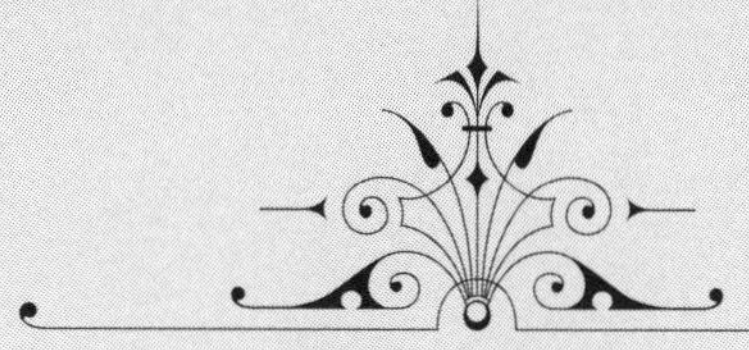

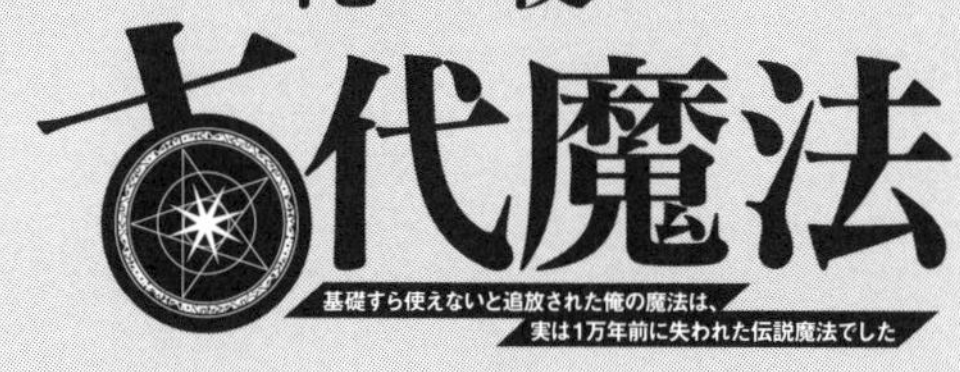
俺だけ使える
古代魔法
基礎すら使えないと追放された俺の魔法は、
実は1万年前に失われた伝説魔法でした

四章

四章　エルフの国へ

ある日のこと。

久々にクエストを受注していた俺たちは、依頼の品を納品するため、クエスト報告所の待機列に並んでいた。

久々にクエストを受けたのは、素材不足というのもあったが、

(プリシラに力を貸すといった以上、腕が鈍らないよう日頃からトレーニングしておかないとな)

という理由も大きい。

そんな日常の中、唐突に異変は訪れた。

「緊急、緊急！　誰か治癒魔法が使える者は居るか？」

冒険者ギルドの中で、そんな声が響き渡る。

声の主は中年のおじさん冒険者であった。

筋骨隆々の肉体に、ひょいと血だらけの少女を抱きかかえている。

「誰か！　誰か居ないのか？」

「師匠」

「ああ、わかってる」

治癒魔法は得意分野ではないが、扱って扱えないことはない。

俺が手を上げ、男の元に向かうと、

「あんたは無のクワドラプルの……！」

そう驚いた様子で声をあげる。

一時期はランク外と馬鹿にされ続けてきたが、いつの間にか有名になったものだ。

「俺は、あまり治癒魔法は得意じゃない。本職のヒーラーが来るまでの繋ぎぐらいに考えてくれ」

「あ、ああ――」

男は頷きながらも、期待の籠もった目で俺を見てくる。

（ふむ。この尖った耳――）

（エルフか？）

この辺では見ない種族だ。

どうしてエルフのような珍しい種族が、こんなところに居るのだろう。

（背中をえぐる深い傷……）

（それにこれは、毒か――？　酷いな――）

間違いなく人為的なものだ。

それも間違いなく命を奪う目的の攻撃。

出血がひどく、生きているのが不思議なぐらいの傷に見えた。

「おい！　聞こえるか？」

「――はい」

それでも意識はある。

「これから治癒魔法を使う。どうか意識をしっかり持ってくれ」

「痛みなら、大丈夫、です。私は、こんなところでは――死ね、ない」

呻くようなか細い声。

それでも、はっきりと生きたいという意思を伝えてくる。

「嬢ちゃん、エルフの里から走ってここまで逃げてきたそうだ。この傷で……、気力だけでどうにかするにも程がある――どうか助けてやってほしい」

男も、祈るような声で俺を見てきた。

人の命がかかった重大な場面。

(これは、得意じゃないとか言ってられないな)

(俺にできることは、すべて試す)

そうは言っても、俺が使えるのは初級の回復魔法ぐらいだ。

おまけに回復魔法のような複雑な現象には、重ね合わせの原理も使えない。

(くっ、傷の治りが遅い)

(どうにもならないか――?)

必死に治癒魔法をかけていると、

「――?」

マナに不思議な動きが見えた。

少女を取り巻くマナが、少女の周りでふよふよと漂っていたのだ。

そのマナは回復魔法で消費するマナと酷似しているようで――

「おまえ、回復魔法の使い手か？」

「はい……。でも、自分には、効かない体質で――」

少女は、自分に回復魔法をかけているようだ。

恐らくは無意識で。

（体質によって弾かれている、みたいだけど……）

（俺なら、その効果を届けられるんじゃないか？）

マナの動きを見て、それを再現するのは俺の得意分野だ。

そうして俺は、少女の回復魔法を見よう見まねで真似してみる。

（くっ、随分と複雑だな――）

（それでも、これなら再現できれば効果に期待できるんじゃないか？）

一度、二度、と失敗する。

「師匠？」

「アリスは、使える回復魔法をこの子にかけてやってくれ。俺はこっちに集中したい」

「何か考えがあるんですね」

アリスはこくりと頷き、少女に回復魔法をかけ始める。

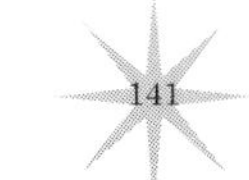

俺が扱うものと同じ（というかアリスの魔法を俺が再現しただけだ）気休め程度の回復魔法。

しばらく集中し、俺は少女の胸元に手をかざしながらマナの動きを理解していく。この術式が作用した結果、人体に与える影響は——。

（これは、すごいな……）

この少女が凄腕の回復魔法使いであることがわかる。

この魔法が発動したなら、恐らくは瀕死の重症を負った者でも回復できるはずで——

『リザレクション！』

俺はそう発声。

足元に発光する魔法陣が現れ、すべてを癒やすオーラを放つ。

発動したのは、半径数十メートル以内の怪我に左右する最上位の範囲回復魔法であった。

「なっ、腕が突然生えてきた？」

「腰痛が消えた！」

「な、なんだこの光は？」

驚くべきことに、その効果はギルド内全域をほぼカバーするほどのもの。

そうして突如として起きた奇跡に、騒然とするギルド内の冒険者をよそに——、

「おい、もう起き上がって大丈夫なのか？」

「はい。もうどこも問題ありません」

瀕死の重傷を負っていた少女は、そう言いながら立ち上がると、

「助かりました、これで私は使命を果たすことができます」

奇跡の回復を果たした少女が、ぺこりとそう頭を下げてくるのだった。

「こうしてはいられません。私は、プリシラさんと、オリオンさんに会わないといけないのです」

続いて出てきた言葉は、そんなもの。

——そこはかとなく、聞き覚えのある名前だった。

「プリシラに用か？」

「プリシラさんをご存じなのですか？」

「ああ。ついでにいうと、恐らく俺がそのオリオンだ」

俺がそう告げると、少女は目をぱちくりと瞬かせると、

「ああ——なんたる奇跡。神に感謝を」

その場で手を合わせ、祈りを捧げ始めるではないか。

（上位の神官か何か、か……？）

（訳ありっぽいよな——）

ひとまずゆっくり話ができる場所に案内するべきだろう。

そう考えた俺は、エルフの少女を連れて研究室に向かうことにした。

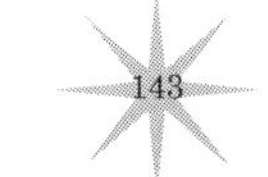

研究室に戻ると、我が物顔でプリシラが居座っていた。

「遅いのじゃ、オリオン」

「呼びに行く手間が省けたが——プリシラ、なぜここに居るんだ？」

ぴょこりと椅子から飛び降り、俺のもとにやってくるプリシラ。

モンスターと戦う協力者となってから、プリシラは俺の研究室に入り浸りつつあった。

「ここのほうが、仕事がはかどる気がしてのう」

「錯覚じゃないか？」

「じゃが、アリスほどの働きをする者は、そうはおらんからなあ——」

「しれっと、うちの弟子を助手扱いしないでくれ……」

そんな気楽なやり取りを、不思議そうな顔で見ながら、

「えっと、……この人がプリシラさん？」

エルフの少女が、こてりと首を傾げていた。

「ほう、エルフの里から逃げ出してきた少女——か」

「はい。私を助けてくれたおじさんが、プリシラとオリオンという人を頼れ……、と」

「なるほどのう……」

その後、俺たちはエルフの少女——エマというらしい——から事情を聞いていた。

俺としてはまるで心当たりのない話だったが、

「でかしたぞ、ジークフリート」

プリシラは、そう小さく呟く。

「国を守る聖女……、か。なんだか現実味のない話だな」

「信じてください、嘘は言っていません！」

エマは、悲壮な顔でそう言った。

ここで信じてもらえないと、他に行くあてもない——そんな切羽詰まった表情。

「無論、信じよう」

「……プリシラがそう言うのなら」

わからないことが多すぎた。

それでも今の俺は、プリシラの協力者だ。

俺は二人に、詳しい話をするよう促すのだった。


「単刀直入に言おう。オリオン、お主らにはエルスタシアに行ってほしいのじゃ」

開口一番、プリシラがそんなことを言い出した。

「また急な話ですね」

「申し訳ない。じゃが、これはとても重要な依頼なのじゃ」

有無を言わさぬ様子で、プリシラが言う。

どうしても力が必要なときは、その力を貸してほしい——そんなプリシラとの約束は、早くも果たすときが来ているらしい。

「それは構わないが……、もう少し説明が欲しい」

「エルフの聖女がここに居る——事態は一刻を争うはずじゃ。詳しい話は、エマから聞いてもらうとして——」

プリシラは、まっすぐ俺の目を見据えると、

「簡単に言えば、早くエマをエルスタシアに届けないと国が滅ぶのじゃ」

まるで冗談のようなことを、しごく真面目な顔で言い放つのだった。

その後の方針は、あっという間だった。

プリシラは伊達や酔狂(すいきょう)で、そんなことを言う人間ではない。エマをエルフの里に届けないと国が滅ぶ可能性がある——そういう前提で、これから動くべきだ。

ここからエルスタシアは、馬車で二〜三週間ほどの時間を要する場所にある。

しかしエマは驚くべきことに、たったの一週間ほどで、エルスタシアからここまで走破してきたという。どうやって移動したのかと聞けば、

「私はエアリアルと契約してますから」

なんて平然と答えられた。

「？？？」

「契約精霊に乗せてもらったってことじゃな」

エルスタシアでは、精霊と契約し、その力を持って魔法を行使するそうだ。

エルフたちは、精霊魔法と呼ばれる独自の魔法理論を持っているそうだ。何をするにも精霊との契約が前提となっており、現代魔法とは異なる独自の体系を築いている。

「すみません、エアリアルは契約者しか運べないので――」

「わかった。その移動手段は使えないってことだな」

申し訳なさそうな声でしゅんと俯くエマを見ながら、俺は別の方法を考える。

「アリス、アイス・ドラゴンでエルスタシアまで行けるか？」

「途中で休みながらなら何とかなると思います」

アリスの負担が大きいが、他に手段がないなら仕方ないか。

悠長に馬車を乗り継いでいては、エルスタシアが滅びてしまいかねないからな。

「でもエルスタシア内に入ったら、たぶん使えなくなると思います」

「そうなのか？」

「はい、エルフの領域内ではマナが乱れているせいか、高位の魔法は使えなくなるんです」

「そいつは厄介だな――」

エルスタシアに入った後の足が問題になりそうだ。

そんな相談をしていると、エマがおずおずと手を上げて、

「国内に入ってからは任せてください。私の仲間が――リリアンヌに抵抗するレジスタンスの皆と合流できれば、足はどうにかなると思います」

「そこは任せるしかないか」

ぶっつけ本番に近いが、とにかく今は時間がない。

エルスタシアまではアリスのアイス・ドラゴンで移動し、そこからはエマを頼りに足は現地調達。

そんな作戦が決まり、俺たちは急遽エルスタシアに向けて出発するのだった。

数時間後。

俺たちはアリスのアイス・ドラゴンに乗り、空中を飛んでいた。

メンバーは、俺・アリス・ユリア・エミリーに、プリシラ、エマといった面々だ。

高所が苦手なユリアには悪いが、今は一刻を争う事態だ。そういう訳で、アリスは全速力でドラゴンを飛ばしていた。

「ひあああああ、高い。高いのです～？」

「ユリアも慣れないよなあ」

「わらわは高さより、暴走状態のお主のほうが怖いのじゃ……」

高所で尻尾をおもいっきり握られ、あわや転落死。

そんな記憶は、若干プリシラの中でトラウマになっているらしい。

「それで、何から話せばいいでしょう――」

そんなてんやわんやの空気のなか、エマが静かに口を開く。

「まず、聖女っていうのは何なんだ」

「何っていわれると難しいですね――」

俺の疑問に、エマが静かに頬に手を当てた。

「というより仕方がないことなんですが、自分で自分のことを聖女っていうのは、なんか恥ずかしいんですよね」

「あ、それはわかる。俺も無のクワドラプル、なんて自分で名乗りたくないしな」

「そうなんですか？　それは格好いいと思います！」

「え？」

「え？」

「こほん、すみません」

生真面目そうな性格のエマだったが、どこか独特の感性も持っているようだ。

「聖女というのは、簡単に言えばエルフの里を覆う結界を守護する特別なエルフのことです」

「結界っていうのは、モンスターが入ってこないようにするためのあれだよな？」

となると一国の結界を、一人の少女――目の前にいるエマが張っていた、ということなのか？

にわかには信じがたい事実だが、プリシラはうんうんとうなずいている。

——事実なのだろう。

「この大陸の大結界は、五種族の結界が互いに影響し合うことで守られておる」

補足するようにプリシラが口を開く。

それは大陸全土でも限られた者しか知らないトップシークレット。

「世界を守るため、五種族はそれぞれの方法で結界を守っておるんじゃ。例えば人族は、教会で多くの神官を雇い、定期的に結界をメンテナンスしておる」

「——そんなことをしてるんですね。人間は凄いです」

エマがぽつりと呟いた。

「いや、凄いのは一人で結界を張ってきたエマのほうじゃないか？」

「そうでしょうか……」

エマは自信なさげに呟く。

「偽物に国を乗っ取られ、国を追われた——私は、聖女失格です」

「そんなことはないさ。結界のことでも凄いことだし、こうして国を救うために誰かに助けを求めに来た——文字どおり命がけの執念でな」

俺の言葉に、エマはまだピンと来ない表情をしていたが、

「私は、必ず私の役割を果たします」

そう静かに口を開き、静かに目を閉じ祈り始めるのだった。

エマとプリシラから聞いた話をまとめると、
・五種族の結界が一つでもなくなると世界の危機
・エルフの里の結界は、聖女エマが一人で張っていた
・そのエマが偽聖女として追放され、エルスタシアの結界がピンチ

という状況らしい。

そうして状況を把握するとほぼ同時。

「敵襲、敵襲です！」

「は？」

アリスが鋭い声で叫び、前方を指さした。

俺たちの行方を遮るように、翼の生えたモンスターの集団が立ち塞がっている。

「師匠、どうしますか？　蹴散らしますか？」

「物騒だが、いちいち構ってられないな。やっちまえ！」

「はい！」

アリスの操るアイス・ドラゴンが、氷のブレスを打ち出した。

大量のモンスターが氷漬けになり、ぼとぼとと地面に落下していく。

「あのモンスターたち、間違いなく私たちを足止めしようとしてましたよね」

「なんでモンスターがそんなことを？」

たしかにモンスターにとって、結界を維持できるエマがエルスタシアに戻ろうとするのは何がなんでも防ぎたいところだろうけれど。

あまりにもタイミングが良すぎる。

「師匠、もう少しでエルフの領域です。モンスターが邪魔で、とても着地点を探してはいられません——このまま着水します！」

アリスがそう叫び、近くにあった湖に着水させることを選択。

「お姉さま、お許しを〜〜！？！？！？！？」

「だからわらわの尻尾を掴むでない!!」

急降下するドラゴンに悲鳴を上げるユリアと、巻き添えになるプリシラ。

そうして俺たちは、エルスタシア境沿いの湖に到着するのだった。

「みんな、無事か？」
「あいたた……。わらわは何とか——」
「ごめんなさい、師匠。エルスタシア境に近づくと、思っていた以上に操作が効かなくて——」
しゅんと落ち込むアリスに、俺は問題ないと伝える。

運も味方したのか、着地したときに大怪我をした者はいなかったのだ。

「万が一、怪我していても大丈夫です。私が全部治します」

エマの言葉が、とても頼もしい。

エルスタシアで、聖女の仕事は主な部分は結界の維持である。それだけでなくエマは類い稀なる向上心により、回復魔法をエキスパートといえるレベルにまで極めていた。

（ふむ――たしかにマナの様子が全然違うな）

（色合いと……、なんだろう。この違和感――）

試しに魔法を使ってみようとしたが、

「うわっ――」

簡単なウィンドカッターもどきを使おうとしたら、風が刃を形作るどころか発散してしまう。

（なるほど。これが、制御が効かないってことか）

（これは厄介だな……）

今までの感覚で魔法を使えると思っていると、痛い目に遭いそうだ。

「こういうときのためにも、刀は良いぞ。魔法を使っているのは、薄っすら纏わせている刀身の部分だけじゃからな――わらわは普段どおりに戦えるはずじゃ」

「わ、私も――」

プリシラに続き、おずおずと手を上げるエミリー。

（足を引っ張らないようにしないとな）

俺は気を引き締め、ついにエルスタシアに足を踏み入れるのだった。

「少しだけ待っていてください。仲間と合流します」

エルスタシアに入り、エマがそう口を開く。

「おいで、エアリアル」

エマがそう呼びかけると、ふわりと小さな妖精が現れた。

わんぱくそうな顔で、ぱたぱたと小さな羽を賢明に羽ばたかせている。サイズ感としては、ちょうど手のひらサイズだろうか。

「エマ、無事でよかったの！」

小さな妖精は、元気よくエマの周りをぱたぱたと飛び回る。

「聖女エマが戻りました、と連絡して。リリアンヌのことも気になるけれど、まずは状況を把握しないといけません」

そうしてエマの指示を受けたエアリアルが、すごい勢いで飛び立っていった。

「初めて見た。今のが妖精か」

「たしかに、あなたたちの国では見ませんもんね」

「……あれに乗ってきたのか？」

「あ、エアリアルは移動中には別形態に変身します。近いものだと、風龍の容姿が近いですかね」

俺の疑問に、エマがそう答える。

「私を助けてくれた人――無事だといいんですが」

「そこに関しては無事であると祈るしかないな」

「そやつには、心当たりがある。わらわと志を同じくする同志でな――そう簡単にくたばる玉ではないのじゃよ」

プリシラは、そう確信しているように呟く。

そうして数十分間が経過し――エアリアルが、数人のエルフを連れて戻ってきた。


「エマ様、よくぞご無事で！」

「なんだ貴様らは？」

「人間、どうして人間がここに？」

こちらにやって来たエルフの男たちが、警戒した様子で俺たちに向けて武器を構えた。

エマに聞けば、聖女の護衛隊らしい。

エルスタシアでは、エマが追放されてから、リリアンヌという新たな聖女を崇める一派と、エマに変わらず忠誠を誓うものとで分かれているそうだ。エマの呼びかけに応じた彼らは、後者――いまだにエマが真の聖女であると信じている者たちである。

「落ち着いてください。俺たちに敵意は――」

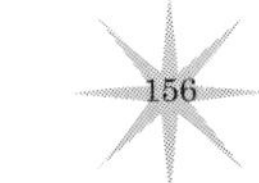

「私の恩人に足して、無礼な態度は許しませんよ」

俺がそう言いかけたとき、エマが前に出て険しい顔で武器を構えていたエルフたちにそう言った。

「こ、これは申し訳ありません」

「エマ様の恩人だとは、想像もしておらず――」

幸い彼らは、エマの言葉を聞いて武器を静かに下ろす。

「それで、私が追放された後、国はどうなってますか？」

「それが……、大変なんです。エマ様が居なくなった後、結界の綻びからモンスターが次々と忍び込んできていまして……」

「なっ、さすがに早すぎます！」

男たちの声に、エマが驚きの声をあげる。

「エルフの結界が破られた、というのは事実なんじゃな」

一方、プリシラは深刻そうな顔でそう呟いた。

五大結界のうちの一つが破られた――それはそのまま大陸全体の結界の崩壊につながるからだ。

「不慮の事態に備えて、結界は二重にも三重にも張ってあります。短期間で破られる訳が……」

「申し訳ありません、エマ様」

「我々が至らぬばかりに、このような事態に……」

エルスタシアが大変なことになっているのは間違いない。

「ところで新しい聖女のリリアンヌ様は、いったい何をしているのですか」

「それが……。この騒動で、姿をくらませてしまったのです」

「国の危機にそんなこと！」

エマが声に怒りを滲ませる。

「ともかく現場に向かいましょう。モンスターの入り込んだ場所へ——私にも何かできることがあるはずです」

「ですが、エマ様は追われる身で……！」

「この事態は、私が至らぬばかりに起きた事件です。何があっても、私はこの混乱を収めなければならないんです」

まるで自分を追い込むように、エマはそう言った。

「戦いの渦中に向かうんだな。護衛は必要か？」

俺は、そうエマに尋ねる。

エルスタシアの危機を放っておけば、そのまま大結界の崩壊に繋がる。

ここで撤退するという選択肢はない。

「ですが人間の皆さんは、ここではうまく魔法を使えないんですよね」

「ああ、あまり力になれないかもしれないが——それでも、この事態を放っておくことはできないからな」

俺の言葉に、プリシラたちもうなずいた。

「ありがとうございます、心強いです」

「なっ？　エマ様、この者たちに同行を許すというのですか？」

「いくら恩人であっても、部外者を結界に近づけるなど言語道断です！」

聖女の護衛隊の面々が、口々にそう言い出す。

結界の傍は聖域――ごく限られた者しか入れない区域なのだ。

「この非常事態です。そんなことを言っている場合ではありません」

エマは、有無を言わさずそう言った。

そうして俺たちは、聖域――エルスタシアの結界に向けて出発するのだった。


「あ、こら言うことを聞きなさい！」

「大丈夫か、アリス」

「う～、師匠……」

ここで問題になったのが、移動手段だ。

基本的にエルフは、急ぎの場合は契約精霊の力を借りて移動する。しかし契約者以外の者を運ぶことはできないため、俺たちには足がないのだ。

そんな訳で、アリスが再度アイス・ドラゴンを召喚し、どうにかその制御を試みていたのだが――

「お、お姉さまを信じられない訳ではないのですが……、ちょっとこれには乗りたくないのですよ……」

「私も同意するわ。これに皆を乗せるのは、ちょっと命知らずだもの」

エルスタシア内では、マナが乱れて魔法の制御ができなくなる。

アリスは、すっかり魔法の制御に手こずっていた。

「やっぱり、我々だけで向かうしかないんじゃないだろうか」

「まともに魔法も使えないんじゃ、連れて行っても足手まといだろう」

護衛隊の面々のささやきが聞こえてくる。

(うっ、否定できないな……)

「すみません。私から頼んだのに、何の力にもなれなくて……」

そんな様子を見て、エマは申し訳なさそうな顔で頭を下げる。

「いや、こちらこそ不甲斐ない話で——」

「私が、私がしっかりしてないといけないのに——」

エマが、ギュッと拳を握りしめる。

(生真面目な性格なんだろう——何でも抱え込んでしまうタイプだ)

(……よくない傾向だな)

「エマ、必要以上に気負う必要はないと思う」

俺は口を開き、そう言った。

「え?」

「そもそも俺たち人間の感覚では、結界の制御を一人の女の子に任せてるって時点でおかしいんだ。一人で何でもできる、なんて思うもんじゃないさ」

聖女により、結界が守られているエルスタシア。

その結界はすでに破られ、モンスターがなだれ込んできている。

そんな崩壊を始めた国を一人で立て直せる人間なんて居るはずがない。

「でも、こうなったのは私のせいで――」

「エマは何も悪くない。それこそ、悪い奴が居るとしたら――」

――真の聖女、リリアンヌ。

エマが言うには、リリアンヌはエマを暗殺するよう命令を出していたらしい。

そしてエルスタシア内にモンスターが現れるや否や、気がつけば姿をくらましている。真の聖女だというなら、この状況で動かないのはあり得ないだろう。

「プリシラ、狡猾なモンスターは国内に入り込んでいると言ったよな」

「ああ。十中八九、リリアンヌという女は、モンスターが化けているんじゃろうな」

――自然に考えるなら、リリアンヌというエルフが黒幕だ。

聖女に成り代わり、真の聖女であるエマを国外追放する。

そうして内部から結果を破壊し、モンスターを招き入れる。

今、この国で起きているのはそういう事態だ。

「エマ、もう一度エアリアルを召喚できるか？」

俺は、エマにそう頼み込む。

「大丈夫ですか……」

エマは、不思議そうに首をかしげながらエアリアルを召喚した。

人を乗せられる風龍の形態。

その体には、蒼と翠――この風龍が司る色のマナが、渦巻いていた。

（ふむ。精霊と契約することで魔法を行使する国）

（なるほど、そういうことか！）

――エルスタシアに入ってからの違和感が、ようやく分かった。

この国は、極端に〝マナが薄い〟のだ。

俺たち人間は、基本的に自分のマナと大気中のマナを合わせて魔法を行使する。

そのためいつもの感覚で魔法を使おうとすると、使えるマナの量が異なるため、感覚の違いに戸惑うことになるのだ。一方、エルフたちは、契約精霊――彼らに付き従う生命体から、文字どおりマナを受け取り、魔法として行使している。

（そういうことなら――）

俺は、あくびしていたエアリアルに近づき、

『俺の言ってることがわかるか？』

――念話で話しかけてみた。

魔法による思念通話。

相手が知能を有しているなら、モンスターと対話することもできるのだ。

ここにいる精霊とも対話することができるかと思ったが、結果はビンゴ。

「ん〜？　ボクにエマ以外の人が話しかけてくるなんて。お兄さんは何者？」

エアリアルは、のんびりした口調でそう話す。

『俺の名前はオリオンだ。訳あってエマの護衛をすることになったんだが……、どうにも困ったことがあってな──』

「エマの助け？　ボクにできることなら、協力するよ！」

喜びを表すように、翼をはためかせるエアリアル。

「な、あやつ精霊と対話しているぞ！」

「人間が精霊と意思疎通に成功するなんて？」

一方、その光景を見守るエルフたちの間でどよめきが起こる。

「エルフの里では、どうにもマナが薄くてな。何か心当たりはあるか？」

『それはそうだよ。マナの殆どが、結界の自動修復に宛てられてるからね』

エアリアルの返答は、驚きのものだった。

「待て、結界の自動修復だと？」

『そうだよ。いくらエマが規格外の聖女だとしても、一人のエルフが結界を維持するなんて普通は不可能──大部分は結界の修復機能に任せてるんだ』

エアリアルの言葉に驚いた俺は、ちらりとエマを見る。

「そのことをエマは知っているのか？」

『勿論さ。でも、そのせいでエマは自分を出来損ないの聖女だって責めちゃって――周りの奴らが不可能なことを要求してるだけなのにね』

　エアリアルの言葉には、静かな怒りがあった。

（聖女が一人で、結界を維持する国――）

（綻びが出てくるのは、ある意味では当たり前だったのかもしれないな……）

　それでもこの国が、今までそうやって永らえてきたのは事実。

　今は、その是非を話している場合ではないだろう。

「今、結界は破綻してるんだよな？」

『うん。悪い奴に結界の修復機能を止められちゃったみたい』

　リリアンヌのことだろう。

　やっぱり結界の崩壊は、人為的なものだったのだ。

「結界を、どうにかすることはできないのか？」

『それはボクには無理だよ。結界の修復機能は、ブラックボックスが多いんだ。ボクたちだけじゃ手に負えないよ』

　エルスタシアに住む精霊とて、このまま国が滅びるのを是としているわけではない。

　それでも打つ手がないのが現状なのだと、エアリアルが言う。

「あ、ならこれならどうだ？　今まで結界の修復に使っていたマナを、どうにか大気中に戻すことはできないのか？」

『むしろ時間が経てば勝手に戻ると思うけど……、すぐには無理だよ』

無理なことは無理だと。

エアリアルの返答は、にべもない。

「そうか……」

マナ不足が解消されない限りは、なかなかこれまでのような戦い方はできない。

俺が頭を抱えていると、

『なに、お兄さん。マナが欲しいの？』

「ああ。マナがないと俺たちは戦えないからな」

マナがないと戦えない――魔術師の弱いところだ。

俺の答えを聞いたエアリアルは、不思議そうな声で、

『そうなんだ。じゃあボクのマナを使う？』

なんてすっとぼけた顔で聞いてきた。

「え？　契約精霊じゃなくてもマナを借りることができるのか？」

『エマの許可が得られればだけど――エマ、この人たちにボクのマナを貸してもいい？』

「構いませんけど……。そんなことをして、テルは大丈夫なの？」

『ボクは、これでも最上位の精霊だからね。これぐらいの人数のマナを賄うぐらいなら、何も問題はないよ』

エアリアル――テルという名前らしい――は自信満々に頷くと、

『どれぐらい必要？』

「あーっと……、難しいな」

どう説明したものかと俺は悩み、

「翠のマナよ——貫け！」

無理やり魔法を発動し、

「今使ったマナの七倍ぐらい……？」

と大雑把な注文をしてみる。

『わかった！』

テルはそう頷き、静かに目を閉じた。

膨大な魔力が膨れ上がり——次の瞬間、テルの体からさまざまな色のマナが溢れ出してくる。

「アリス、いったんこの辺に来てもらって——」

俺は、アイス・ドラゴンの魔法を制御しようと奮闘しているアリスを呼ぶと、

「何ですか、師匠？」

「大雑把に、翠八、蒼二——その状況で十分なマナがあれば、アイス・ドラゴンは使えるか？」

「翠八、蒼二——はい。あらかじめ属性がわかっていれば可能ですが……」

アリスが、ぱらぱらと本をめくりながら詠唱し、

『アイス・ドラゴン！』

見事に術を完成させるのだった。

アリスの意思に従い、しっかりと制御もできる完全体。

(ふむ、やっぱり仮説は正しかったみたいだな)

俺が満足気に頷くなか、

「ぇえええ?」

アリスの素っ頓狂な悲鳴が響き渡る。

「普通に使えました。師匠、どんなトリックを使ったんですか?」

「ちょっとエマの契約精霊からマナを借りたんだ」

ちなみにアリスの魔法は、ドラゴンを顕現させている間はずっとマナを消費しているはずだが、テルは屁でもないという顔をしていた。

「それと、俺たちが上手くエルスタシアで魔法を発動できない理由もたぶん分かった。こうして魔力を借りてもいいし――原因がわかったなら、たぶんどうにかできるはずだ」

そんなことを話していると、

「凄い魔法ですね、それ」

エマが興味津々といった様子で、アリスの生み出した魔法を見る。

何を思ったのか、そっと手を差し出してみて、

「冷たい……」

「そりゃ氷だからね?」

何考えてるんだ、この子。

「未知の魔法に勝手に触らないほうがいいぞ。術の効果によっては、今ので腕が千切れてる」

「え？」

俺の言葉に、エマがぎょっとした顔で飛び退った。

「いや、大丈夫だ。あくまでそういう魔法もある、ってだけだからな――」

その言葉に、ホッとため息をつくエマ。

『ちょっと、うちのエマに変な魔法を教えないでよ――』

「むしろ正しい知識を教えてやれよ……」

（まあ、魔法観も違うんだろうな）

（エルスタシア――やっぱり独特だな）

ため息をつきながら、俺たちはアリスの生み出したアイス・ドラゴンに乗り込む。

そうして俺たちは、ついにモンスターが入り込んだという聖域――結界を守護するための領域――に向かうのだった。


エマの案内についていくように、俺たちは龍に乗って空を飛ぶ。

森の中を走るにあたって、アリスの魔法はいつもよりもコンパクト化されている。

そういう器用なことができるのも、アリスが天才たる所以なのだ。

「それにしても、アリスはさすがだな」

「ほえ？　何がですか？」

「だって大雑把なマナの比率を言うだけで、土壇場でこの魔法を成功させてしまうんだからな――アリスが居なかったら、今回は現場に行くことすらできなかったよ」

俺がそう言うと、アリスは嬉しそうに微笑む。

「私からすれば、あっさりと精霊と意思疎通してみせた師匠のほうが、まるで意味がわからないんですけどね――」

「まあ、適材適所ってやつだな」

そんなことを話していると、

「もうすぐ着きます！」

エマが鋭い声でそう叫ぶ。

そしてついに、結界を制御している聖域に到着したのだった。

聖域――その名前のイメージとは裏腹に、そこはすでに地獄のような有様になっていた。
すでに大量のモンスターが中で暴れまわっており、結界を守ろうとしたエルフたちの遺体がゴロゴロと転がっている。
「そんな、酷い――」
惨たらしい光景に、エマが口を手で覆う。

「エマ、何とかできそうか？」

「自動修復装置さえ無事なら何とか……」

エルスタシアの結界は、その首都を中心としてドーム状に広がっている。

その結界のコアとなるのが自動修復装置というもので、国内に数か所設置されているそうだ。

その大半がすでに破壊されてしまっているため、結界は大きく機能を落としている。そしてこの聖域にあるものが、最後の装置で、まさしく最後の生命線だった。

「まずいな――」

モンスターの集団は、エルフの守りを突破し、今にも自動修復装置の元に辿り着こうとしていた。

「アリス、突っ込めるか？」

「任せてください！」

アリスがアイス・ドラゴンに命令を出し、勢いそのままに突っ込ませる。

突然の乱入者に、モンスターだけでなく、エルフたちまで唖然とした顔でこちらを見ていた。

「させないのじゃ！」

そんな硬直した場において、颯爽と飛び出していったのはプリシラだ。

装置のもとに接近していたモンスターの元に飛び込み刀を一閃。

またたく間にモンスターを屠って（ほふって）いく。

（プリシラの戦闘スタイルは、こうした事態を想定していたからなんだな）

自動修復装置を守るのは、プリシラだけではない。

「でかしたぞ、ジークフリート！」

そう呼びかけたのはプリシラだ。

「おう、遅い登場じゃねえか」

「ほざけ」

軽口を叩き合う、プリシラとジークフリート。

彼が、プリシラがエルフの里に送ったという人間なのだろう。

（すごいな、あの人……）

ジークフリートと呼ばれた男は、鬼神のような強さを発揮していた。満身創痍のエルフたちを支えるように、次々と襲い来るモンスターを切り捨てているのだ。

刀を使うプリシラと似た戦闘スタイル――その男の前には、モンスターの屍（しかばね）の山が築かれていた。

この男が居なければ、とっくにエルフの結界の最後のコアは破壊されていたことだろう。

まさしく獅子奮迅の働き。

「久々にいつもの競争と行こうかの？」

「馬鹿野郎、年齢差を考えろ。おまえの動きには、もうついて行けけん」

「つれないやつめ」

制御装置を守り、背中を預けてモンスターと対峙する二人。

それは不思議と即席ではなく、安定感のある光景で。

（……あれ？）

（俺、どこかであの人を見たことがあるような——）

冷静に考えれば、そんなはずはない。

理屈ではなく、あくまでそう感じたというだけ。

——不思議な感覚だった。

「あの方は！　生きていたんですね！」

一方、エマもジークフリートを見て歓声をあげた。

「エマのことを助けたっていうのは、あの男なんだな」

「はい、ご無事で本当に良かった！」

そんなことを話している間にも、エマは次々と魔法を放っていた。

今まで見たこともない魔法も交ざっている。

モンスターに合わせた魔法を選択して、もっとも効率的に周囲のモンスターを倒しているのだ。

回復魔法に攻撃魔法、更には結界の知識まで——エマという少女は、まさしく国を一人で支えてきた稀代の天才だった。

「エマ様が戻られたぞ！」

「怯むな！　ものども、かかれぇ？」

その戦いを見て、結界を守っていたエルフたちの士気も一気に高まっていく。

このまま押し返せそうだ。そう思ったとき……、

「何の騒ぎかと思って来てみれば——忌々（いまいま）しい。とっくにくたばったものだと思っていたが、しぶと

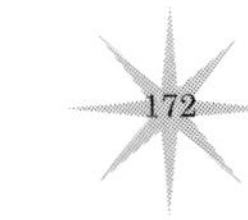

く生き残っておったのだな」

「あなたは――リリアンヌ？」

現れたのは、豪華な衣装に身を包んだ一人のエルフだった。

スレンダーな体型が多いエルフだったが、リリアンヌはグラマラスな体形を見せつけるように、胸元がはだけた服を着ている。

美人に当てはまるはずのリリアンヌだったが、浮かべている表情は醜悪そのもの。

この状況を作り出した彼女は、憤怒の形相で俺たちを睨みつけた。

――そうして聖域に役者は揃う。

――エルフの里を守るための戦いが始まろうとしていた。

「貴様ら、出番だ！　やれ！　偽聖女を捕らえ殺せ!!」

「「「リリアンヌ様のために？」」」

そんな怒号とともに、軽鎧に身を包んだエルフの兵士たちが俺たちに襲いかかってきた。

「ひっ」

「この人たち、様子がおかしいのです……」

アリスとユリアが、思わず引いてしまうような熱狂的な狂信者。

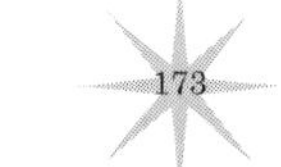

迎え撃とうと俺が術を構えていると、

「あの人たちは、元々は私に忠誠を誓っていたんです。私が至らないせいだと思っていましたが――これはどう考えてもおかしいですね」

エマがそう考え込んでいたが、

「リリアンヌ、あなた――この人たちに何をしたんですか？」

やがてリリアンヌを、キッと睨みつけた。

「ふふ、何って――誠心誠意頼み込んだだけのことよ」

「嘘です、そんなの！」

「エマ、今は仕方ない。まずはこいつらを鎮圧するぞ！」

何せ相手の数が多い。

それにかなりの手練れのようだ。

手加減をしていたら、こちらがやられかねない。そう思っていたが、

「オリオンさん、少しだけ時間稼ぎをお願いできますか？」

エマが選んだのは、別の答えだった。

「何か考えがあるんだな、わかった」

俺は、エマを守るべくエルフの集団の前に立ちはだかる。

「アリス、ユリア、エミリーは修復装置に向かうモンスターの相手を頼む！」

続けて俺は、頼りになるパーティメンバーにそう声をかける。

数では向こうが圧倒的に上だ。それでも勝てる可能性があるとすれば、こちらが得意な戦い方を普段以上にできた時だろう。

「はい、師匠！」

「うん、わかった！」

アリスが手探りで魔法を放って、モンスターを倒していく。

いくらエアリアルからマナを受け取れるようになったとはいえ、依然として魔術師にとっては戦いづらい環境には違いない。

それでもアリスは、この短期間でしっかりと環境に適応しているようだ。

「俺も負けてられないな」

弟子の成長が嬉しい反面、その成長速度が恐ろしくもある。

マナが見えるというアドバンテージがなくなったら、あっさりと抜かれてしまいそうだ。

「何を訳のわからないことをごちゃごちゃと言ってやがる！」

「その女を引き渡せ!!」

飛びかかってくるエルフの男たちの剣を、俺は風の刃を生み出し受け止める。

「な？　部外者は魔法を使えないはずじゃ――」

「いったい、いつの話だ？」

エマの精霊であるテルから、さまざまな色のマナが放出されている。

翠や蒼のマナを使う魔法なら、いつもどおりに利用可能だし、そもそも俺はマナを生み出す素材をいくつか持ち歩いている（できれば使いたくはないが）。

いくつかある選択肢。

その中で俺が選んだのは、風の刃――プリシラが好んで使っていたのと似た戦い方だった。

「数で押し切っちまえ！」

「くたばれ！」

「ちっ、数が多いな」

次々と襲ってくるエルフたちを、俺は風の刃で打ち返す。

エマを狙った遠距離からの狙撃も、あるときは衝撃波を放って打ち消し、あるときは風の刃で切り払ったりして無力化する。

「エマ、まだか？」

「ありがとうございます、完成しました！」

時間にして三十秒ほど。

『ディスペル・マジック・フィールド！』

エマが魔法を完成させると、聖域の中を淡い光が包んでいく。

「な、何だこれは？」

「精神汚染などの魔力効果を無効化するフィールドを張りました。見ていてください――あの人たちがリリアンヌ様に操られていたなら、恐らくは――」

エマに促されて、エルフたちを見てみると、

「あれ、俺はいったい――」

「な？　エマ様。俺は、どうしてエマさまに剣を向けて――」

エルフたちは、ぼんやりした目をしていたが、やがて意識を取り戻し自分が何をしでかしていたのかを理解する。聖女の護衛隊――そんな誇りある役職につきながら、あろうことか守るべき主に武器を向けていたという事実。

聖域にいたエルフたちは、真っ青になって土下座せんばかりの勢いだった。

「謝罪は後で聞きます。今は、ここのモンスターの対処が先です」

「「はいっ！」」

そう凛と告げるエマには、たしかな威厳があった。

「ぐ、ぐぉぁあああぁ！」

エマの放った魔法を受けて、リリアンヌが苦悶の声をあげる。

頭を抱えて座り込み、のたうち回っていたが――。

「よくも、よくもやってくれたな」

やがては何かを諦めたように立ち上がる。

その姿は、決してエルフのものではない。

黒い翼を生やした悪魔のような姿。

――憎悪の籠もった顔でこちらを睨んでいたのは、サキュバスであった。

「おのれ、小娘が！　無駄な抵抗を！」

「おまえがプリシラさんの言っていた人間界に入っていたモンスターか！」

「計画は変更だ。ここで貴様らを皆殺しにして、エルフの結界を焼き尽くしてくれるわ！」

そう叫び声をあげ、リリアンヌはその場で魔法の詠唱を始めた。

モンスター特有の魔法――それは俺にある気づきを与えてくれた。

（こいつ、精霊との契約なしに魔法を！）

（マナの動きを観察すれば――）

常にマナ不足に見舞われているエルフの里は、魔術師にとって厳しい環境だ。

それは術を使うのなら、たとえモンスターであっても例外ではないはずで――それなのに普段と同じ戦い方ができるとすれば、

（――マナを使わない魔法が存在する？）

（あるいは、マナの極端な効率化？）

「死ねええ――」

リリアンヌが、手をかざして魔法を発動した。

手のひらから黒い炎がほとばしり、俺たちを焼き尽くさんと襲いかかる。

「ウインド・ガード！」

翠＋翠＋蒼のトリプル・スペル。

エマの契約精霊から受け取ったマナを使い、俺は空気の盾を生み出しその攻撃を防ぎ切る。

「おのれ、なんと小癪(こしゃく)な！」

「なるほど、そういうことか」

リリアンヌの使った力の正体。

それは〝マナの存在しない空気そのもの〟だ。

（さすがにその発想はなかった）

（たしかに理論上は可能かもしれないが、とんでもないな――）

また一つ見えた魔法の新たな可能性。

もしかすると研究室のどこかにある魔法書に、その記載があるのかもしれないが。

「とはいえ、これは真似できるようなものじゃないな――」

リッチを相手にしたときは、ファイアボールからエネルギーだけを取り出すという新たな戦い方を覚えることができた。

しかし目の前のサキュバスの戦い方は、修練が必要なものだ。

「何をぶつぶつ言っている？」

――それでも、対処法はある。

シンプルだが、相手を確実に自滅させる方法だ。

「おまえの魔法は解析した。おとなしく投降しろ」

「ただの人間がほざけ！　この魔王四天王たる私が、よりにもよって投降だと!?」

激昂して、再び魔法を唱えるリリアンヌ。

「そうか」

相手は、エルフの里を滅ぼそうとした相手だ。

ここで決着をつける――俺も、新たな魔法の使い方を実践する。

(こいつが利用したもの)

(それは――魔法の意図的な暴走だ)

マナが足りない状態で、それでも魔法を無理やり行使するとどうなるか。

答えは簡単――制御に失敗して暴走する。最初にアリスが、アイス・ドラゴンの制御にずっと失敗していたのも、エルフの里特有のマナの薄さが原因だった。

暴走している――それは言葉を変えるなら、発動はしているのだ。

そして暴走にも、ある種の法則性がある。

制御は普通に魔法を使う時の比ではないが、意図したとおりに魔法を暴走させられるなら、それは普通に魔法を行使しているのと大差ないのだ。

(潤沢なマナを余すことなく使う俺たちには、考えつきもしなかった方法だ)

同じ魔術師としては、素直に称賛を送りたい気持ちだ。

だけども相手は、ここを滅ぼそうとしているわけで――決して相容れない存在。

「喰らぇぇええ！」

「じゃあな、リリアンヌさん」

リリアンヌが魔法を行使しようとした瞬間。

俺は、そこに〝自分〟のマナを割り込ませる。

「な、やめ――ぐぁあああああ？」

リリアンヌの手から生まれた黒い炎は、行き場を失ったかのように大きさを増していく。

制御に失敗している本当の意味での暴走状態――やがて莫大なエネルギーは、近くにあった生物を飲み込もうとでもいうように、リリアンヌに襲いかかる。

「ぁあああああ？」

断末魔の悲鳴をあげて、やがてリリアンヌはバタリと倒れた。

自分の発動した魔法の暴走に巻き込まれる最期――一国を危うく滅ぼしかけたモンスターにしては、ひどく呆気ない最期であった。


リリアンヌ――今回の事件の元凶。

たとえ敵将を倒したとしても、まだ聖域の中には結界の隙間から入り込んだモンスターが大量に残っている。

「これを全部倒すのは骨が折れるな――」

「オリオンさん、また護衛を頼んでもいいですか？」

エマから、そう声をかけられた。

「護衛？」

「はい。結界の綻びを塞がないと、キリがないですから」

結界に空いた穴は、そのままここ聖域に繋がっていた。

恐らくはリリアンヌが、結界の最後の砦となるここを狙って、穴を開ける場所を選んだのだろう。

「皆、ここは任せて大丈夫か？」

「はい、師匠。ここは任せてください！」

「こっちのことは気にせず、結界の修復を急ぐのじゃ！」

相変わらず、バッサバッサと敵を切り捨てているプリシラ。

本調子からはほど遠いものの、それでも波の魔術師よりは十分に戦えるアリス。

更には洗脳が解けたエルフの兵たちも、モンスターを相手に闘志をみなぎらせている。

（――ここは任せて大丈夫そうだな）

俺はそう判断して、エマの後をついていくのだった。


それから程なくして、俺とエマは結界の綻びの元にたどり着いた。

エルスタシアの結界は、すっぽりと国を囲む森を覆い尽くすように張られている。うっすらと光るドーム状の膜が、モンスターの侵入を防いでくれているのだ。

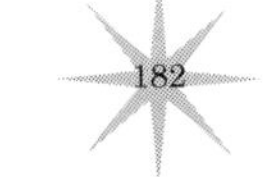

そんな結界に生まれた綻び――それは文字どおり結界に空いた穴だった。直径にして、数メートルほどだろうか。一つの国を滅びに追いやるにはあまりに小さく、それでいて結界としての機能を失うには十分すぎるほどの大きな穴。

モンスターは、結界に空いた穴から侵入を果たしていたのだ。

「こ、これが……」

「はい。結界の綻びです」

俺の言葉に、ごくりとエマがうなずいた。

結界に空いた穴――それは身の毛のよだつ恐ろしい光景だった。

結界の奥には、禍々しい真っ暗な空間が広がっていた。あれが魔界なのだろう――穴の奥からは無数の不気味な眼球が、こちらを覗き込んでいる。

魔界のモンスターなのだろう。結界の外側に居るモンスターは、ここに居る相手とは格が違う。見ているだけで気味が悪く、背筋に冷たいものが走った。

「災厄級のモンスターは、一体でも入ってきたら容易に国が滅びます。だから多少の綻び――今みたいな状況が起こる可能性を放っておいてでも、高位モンスターの侵入の阻止を最優先に考えたんです。正解だったみたいですね――」

エマが、ぶるりと体を震わせながらそう言った。

それから俺は、時おり現れるモンスターを風の刃で切り捨てていく。

「ここを襲うモンスターは任せてくれ。エマは結界を――」

「はい、任されました」

エマは、厳かに両手を合わせる。

エマが祈りを捧げると、徐々に結界に空いた穴が塞がっていくのだ。

(これが、エルフの里の聖女の力！)

正直、この目で見るまでは、半信半疑だった。

もともとただの冒険者である俺には、結界の存在に実感がない。それに俺たちの国では、多数の神官が協力して結界を維持しているという。たった一人の少女が、果たしてどれほどのことができるのか――そんな疑いを持ってしまったのも事実。

だけどもエマの実力を前にしては、そんな心配は杞憂に過ぎなかったとわかる。

「これで、よし」

僅かな疲労を見せつつ、エマが立ち上がる。

じっくり一時間ほどの時をかけ、エマは結界の綻びを完全に修復してみせたのだ。

「見事なもんだな」

「私には、これぐらいしかできませんから」

エマは表情を変えずに、じっと穴が塞がった結界を見ていた。

「また、そんな言い方をして――」

「事実ですよ。私が不甲斐ないから、モンスターに国の乗っ取りを許して、皆さんに尻拭いしてもらう羽目になってるんですし――」

エマの言葉は、いっそ自罰的ですらあり。

「エマ、おまえは凄いよ」

もしかするとエマのそれは、聖女として正しい在り方なのかもしれない。

もっと上手くやれたはず——そう向上心を持つことも決して悪いことではない。天才少女と言われるアリスだって、まさしく向上心の塊のような少女だ。

だとしてもエマの表情は、ちっとも楽しそうではないのだ。

「それは皮肉ですか」

「いたって本音さ。結界の穴を、単身で塞ぐような奴が——いったい、この世に何人いると思う」

「それは……。それが、私の役割ですから」

ぽつりと呟くエマ。

「だとしても。エマは自分の成果を、もっと客観的に見るべきだ。自分のことを、もっと認めてあげるべきだ——そうじゃないと、いつか耐えきれなくなる」

「耐えきれなくなる?」

「ああ。ここはこうすれば良かったんじゃないか、もっと上手くやれたんじゃないか——自分を追い詰めて、追い詰めて——そうなってしまったら悲惨だ。とても本来の実力を発揮することなんてできないからな」

「自分を認める、ですか——」

ピンと来ない表情で呟くエマ。

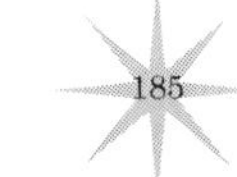

——ちなみに、これはただの体験談である。

勇者パーティ時代、ダニエルには無茶ばかりを要求されたのだ。

最初は無茶な要求にすべて応えようと自分を追い詰めて、追い詰めて——いや、無理だろ。むしろここまでやってる俺、すごくね？　と思えたから、気が楽になったのだ。

（まあ最終的には、割とどんな無茶振りにも応えてたけどな——）

それも、いい意味で肩の力が抜けたからこその成果だ。

自分をただただ追い詰めていたら、きっといい結果にはならなかっただろう。

「私は、すごい。すごい、……ですか」

「ああ、エマは凄い奴だ。俺が保証するよ」

「——英雄のごとく現れ、颯爽と国を救ったオリオンさんがそう言うなら。もしかすると私は、少しは凄いのかもしれないですね」

そう言いながらエマは、柔らかい笑みを浮かべる。

「ん？　別に俺は関係ないだろう？」

「いいんです。そう考えるのが、一番元気が出てきますから」

そう言い残し、エマはスタスタと聖域のほうに歩き始めるのだった。

聖域内のモンスターは、すでにあらかたが片づいていた。

その戦いのMVPを決めるとしたら、やはり数多の屍の山を築き上げたプリシラだろうか。

プリシラとジークフリートという二人の刀使いは、特に目覚ましい戦果を上げていた。

「ふっふっふ。随分となまったのう、ジークフリートよ」

「くっ、俺もあと二十年若ければ――」

プリシラは、満足げにけらけらと笑っていた。

「あ、師匠！」

「アリス、無事で良かった！」

「やりましたよ！　ウィンド・ドラゴンの生成に成功しました！」

「……なにしてるの？」

「お姉さま、格好良かったのです！」

「敵はもう残ってないと思う」

パーティメンバー全員、疲労の色は残っていたが無事。

ひとまず、ほっと胸を撫で下ろす。

「それでオリオンさん、そっちも無事に終わったんじゃな」

「ああ。結界の綻びも塞いだし、問題ないはず」

「黒幕も討ったし、制御装置も守り抜いた――後は、他の制御装置を直せば一件落着じゃな」

プリシラはそう言って、ふうとため息をついた。

――偵察に出ていたジークフリートから知らされた異変。

――本当に間一髪だったが、どうにか間に合ったのだ。


「ジークフリートさん、あの時はどうもありがとうございました」

「聖女の嬢ちゃんか。お互い無事で何より」

「はい、おかげさまで――エルスタシアが助かったのは、あなたのおかげです」

ぺこりと頭を下げるエマ。

「あー、それは違うだろう。最終的に結界を修復して国を守ったのは、おまえさんだろう」

頭をかきながら、そう答えるジークフリートに、

「え？　でも――。……いえ、そうですね」

反射的に否定しようとしたエマだったが、やがてはこくりと頷く。

「あなたも、あの人と同じことを言うんですね」

「あの人？」

「ギルドで死にかけていた私を救ってくれて、ここまで護衛してくれた――オリオンさんです」

「へー、あいつがねえ……」

ジークフリートは頬をかきながら、意外そうにそう言うのだった。

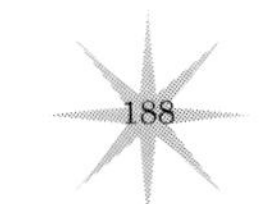

――ジークフリートさんと目線が合った気がした。

気のせいかもしれない。

勘違いかもしれないけど……、それでもある種の予感に導かれ。

「ジークフリートさん、お疲れ様でした」

「おう、そちらもお疲れさん」

まずはそう軽い挨拶を交わす。

やっぱり不思議と、初めて会った気がしない。

「俺とジークフリートさん、どこかで会ったことがありますか？」

俺が首を傾げながら聞くと、

「まさか、気がつかれるとはなあ」

ジークフリートは、驚いたようにニカッと笑う。

「ふぉっふぉっふぉ、その眼は今、役に立っておるじゃろう？」

「……！　あなたは、あのときの！」

それは俺が、まだこの目の制御の仕方を知らなかったとき。

俺は、一人の老人に救われたのだ。教わったのは、マナを見ないですむ方法――それは魔法を行使するための最初のステップだった。

「それにしても、随分な大物になったもんだなあ――」

「やめてください。自分なんて、まだまだですよ」

思わぬ再会に、テンションが上がってしまう。

そんな俺たちを、どこか生暖かい目でプリシラが見ていたのだった。

《勇者パーティ視点》

俺――ダニエルは、いつもどおり冒険者ギルドでエールをあおっていた。

(……って!)

(なんで、これがいつもどおりなんだ!)

いつもどおり、鍛錬に勤しんでいた。

そう思えるぐらい、まっとうに生きたいものだ。

そうだな、明日から本気を出そう。


オリオンたちは、エルスタシアに旅立っていった。

――俺とルーナは、お留守番である。

(まあ、そりゃあ俺がついていったところで役には立たないけどよ)

(こうも明確に戦力外通告を受けると、勇者としてはちょっとくるものが――)

勿論、コツコツ鍛錬を積むべきだというのはわかっている。

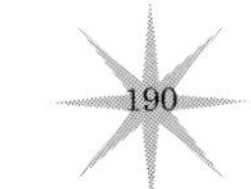

楽に強くなれる裏技なんてない。そんなものを勧めてくる者がいれば、それは師匠――エドワードのように俺を騙そうとしている誰かだ。

「あんた、また飲んでるん」

「ああ、ルーナか……」

「そりゃ、置いてけぼり喰らって不貞腐れるんもわかるけど――」

そう言いながらも付き合ってくれるルーナはいい奴だ。

そんなルーナになら、感じている違和感を口にできるかもしれない。

「――なあ、ちょっとできすぎてるとは思わないか？」

「何がや」

「エルスタシアの危機を知るやつが、たまたまプリシラの知り合いと出会って、たまたまここまで逃げ伸びてきた」

「普通に偶然やない」

何が言いたいのかわからない、とルーナ。

「まあ偶然だと考えてもおかしくはない。それでも結果として、この国の主力が全員がエルスタシアに行ってしまった――もしプリシラの言う高位のモンスターが何かを仕掛けてくるなら、むしろ今なんじゃないか」

「エルスタシアの件は、おとりだと言いたいん？」

「早い話がそういうことだ」

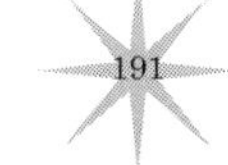

まあ、考えすぎかもしれないけどな。

それでも高位モンスターが、もしエドワードなのであれば。

奴は、俺たちのことを、オリオンの規格外っぷりを、嫌というほど知っている。

たとえ意図的に仕組んだ訳でなくとも、今、動き出す可能性は十分ある。

——だから今やるべきことは、酒場で情報を集めること。


杞憂で済めば十分。

そう思っていたが、思わぬ話が聞こえてきて俺は耳をそばだてる。

「なあ、聞いたか？　ギルドマスターが見つかったらしいぞ」

「今まで、どこにいたんだ？」

「さあな。でも、これでギルドも安泰だ」

そんなことを話しながら、ざわざわと席を立つ冒険者たち。

（エドワードが、戻ってきた？）

（どういうことだ！）

耳を疑う情報だった。

俺も、オリオンも、もはや奴のことは黒だと仮定して動いている。

このタイミングで戻ってきたら、プリシラたちと連携して捕らえるために——

（だから今なのか？）

（ッ、舐めやがって！）

俺がエドワードのことを疑っているのは気がついているだろう。

その上で、どうでもいい、放っておいてもいいと思われているのだ。

勇者である俺がだ。——ギリリと歯ぎしりする。

実際、そう思われても仕方がないような戦果しか残せていないのは事実だ。

「俺は勇者だ」

「どうしたんや、ダニエル」

「これでも権力はある。……あるよな？」

「あるやろうな。権力だけはある駄目人間——厄介に思われるのも当然やなあ」

「さりげないディスやめろ」

じとーっとルーナを見ながら、俺は考える。

今の俺は、どの程度人を動かせるのだろうと。

——エドワードが怪しいこと。

——そのエドワードが、今から行動を起こす可能性が高いこと。

そのどちらもが、俺の推測に過ぎない。

せめて、確固たる何らかの証拠があれば……。

悩み始めた俺をよそに、ルーナは、

「そうやな、仮に国王陛下に直訴するとして」

なにやら恐ろしいことを言い出した。

「はっ？　国王陛下に直訴？」

「あんたは勇者やろ？　できるできる」

「いやいやいやいや――」

これ以上ないほどに、職権乱用することを勧めてくるルーナ。

いや、むしろ勇者の地位の正しい使い方だろうか。

「う～む。国を動かすなら、まずは証拠が欲しいところやな」

ルーナはそう考え込んでいたが、

「そうや。あんたがエドワードから受け取ったっていう魔導書、まだ持ってるんか？」

「魔導書か――大部分はエミリーが矢をぶっ刺したときに燃えちまったな。だけど残った部分は、一応持ってる」

そう俺が答えると、ルーナは歓喜の表情とともに、

「でかした、ダニエル！」

そう声をあげた。

ついでにバシバシと肩を叩いてくる――痛い。

「魔導書が何だっていうんだ？」

「もしあの魔導書に仕掛けられた魔法の犯人がエドワードだったら。たぶん魔力痕跡をたどれば、動かぬ証拠になるはずや！」

興奮した様子で、ルーナはそう言う。

「ああ、なんでもっと早く思いつかなかったんや――」

「でもタイミングとしては、これ以上ないタイミングだ。エドワードが何かを企んでいた動かぬ証拠――今になって街に戻ってきた目撃情報。行けるはずだ」

多少のことは、本気で勇者の権力を振るえばゴリ押しできるはずだ。

とにかく今やるべきは、どんな手を使ってでも戦力を集めることだ。王都とこの街を、モンスターの襲撃に備えさせることだ。

俺はガタリと椅子から腰を浮かせ、勢いよく立ち上がる。

「ルーナ、やるべきことは決まった！　明日、王都に向けて出発する」

「久々に、ええ顔になったな」

ルーナは、そう満足げな笑みを浮かべ、

「でも無駄に注目を集めてる。とりあえず座ろうな」

「……はい」

しごく当たり前の注意をしてくるのだった。

俺だけ使える

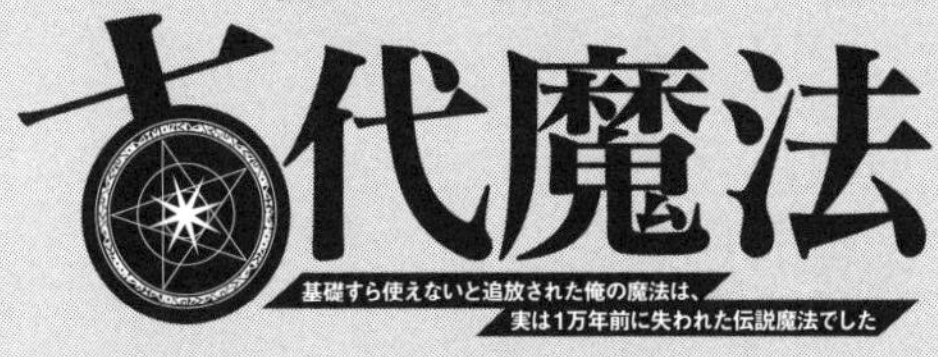
古代魔法
基礎すら使えないと追放された俺の魔法は、
実は1万年前に失われた伝説魔法でした

五章

五章　魔法の正体

エルスタシアで、結界の綻びを修復した夜。

俺たちは今、エルフの王宮に招待され大広間で豪勢な食事を頂いている。

メンバーはいつものパーティメンバーに加え、プリシラ、ジークフリートらの今回の事件の立役者も全員招待された形だ。

（いったい、いくらするんだこれ？）

見たこともない高級食品を口に運びながら、俺はそんな感想を持ってしまう。もぐもぐと幸せそうな顔で料理を口に運んでいくユリアの面の皮の厚さが、今はとっても羨ましい。

（お礼に晩ごはんをおごらせてほしいって言われたら、その辺の料理屋を連想するだろう普通）

（なんで行き先が王宮なんだよ？）

「それでは、ごゆるりとお楽しみください」

「あ、ああ。ありがとう……」

テーブルのセッティングを行い、俺たちをもてなしているのは王宮メイドたちだ。

エマが張り切って手配したらしい。偽聖女だとエマを罵っていた者は、モンスターの洗脳魔法にかけられていたのが原因で、今では落ち着きを取り戻している。

エルスタシアの聖女であるエマには、相当な権力が与えられているようだった。

「オリオンさん、プリシラさん、ジークフリートさん。この度は、本当にありがとうございました――改めてお礼を言わせてください」

エマが微笑を携えながら、深々と頭を下げる。

俺たちは、王宮に部屋を用意してもらい宿泊することになっていた。

すっかり賓客扱いである。慣れない扱いに落ち着かない気持ちになってしまうが、こうして国を救ったのだから当たり前とエマは言う。

「というかエマ、ものすごく偉かったんだな」

「はい。一応、これでも聖女ですから」

王宮に戻ったときに、ズラッと並んだメイドがエマに頭を下げているのは壮観だった。

大貴族にとっては、あれが当たり前なのだろうか。

「国王陛下が、なんでも望みどおりの報酬を出すと仰せです」

「こうして美味しいものも頂いたんだ。これ以上の報酬をと言われても困るな――」

クエストとは違って、特に報酬目的で来た訳でもないし。

「オリオン君は、昔から質素というか欲がないというか……」

「師匠、もらえるものはもらっておきましょうよ。労働には正当な対価を、です！」

「まあ、そういうことなら――」

俺が受け取ることにしたのは、一〇〇枚以上の金貨の山だ。

これは一生遊んで暮らせるだけの大金である。

――エマには、随分と少ないと驚かれてしまったが。

「あの、オリオンさん」

エマが、なおも言葉を続ける。

ちらっ、ちらっ、とこちらの様子を探るように。

「実はですね。エルスタシアの聖女って、とっても権威があるんですよね」

「お、おう……。そうだな？」

エマの王宮での振る舞いは、随分と様になっていた。

出会いが出会いだけに忘れかけていたが、本来エマの居場所は王宮なのだ。

不思議そうな顔をする俺に、エマはもじもじしながら、

「国王陛下が提示した報酬リストの案にですね。エルスタシアの聖女、って項目もあったんですよ
――オリオンさん、どう思いますか？」

「へ？　……いや、要らないけど」

「はうっ……、そんな――」

ショックを受け涙目になるエマ。

（まさか、そんな人身売買みたいなことをやるとは）

（エルスタシア。見損なったぞ！）

極端なまでのエマの自己肯定感の低さを思い出す。

この国は、聖女のことを都合の良い道具とでも思っているのだろうか。

そんな静かな怒りを覚えていると、

「師匠、それは言葉足らずですよ――」

「え？」

「エマさん。師匠は、エマさんの意思を無視して、そんな人買いみたいなことはできないって――そういう意味で、やんわり断ったんですよ」

なんてアリスが言う。

（改めて口に出されると、だいぶ恥ずかしいな）

「まあ、そういうことだ。そんな理不尽な命令は無視して、これからはエマが少しでも幸せになるために行動するべきだ」

「へ？　そういうことなら、何も問題ないのですが――」

「え……？」

「え？」

何やら、すれ違いが発生していそうだ。

「国王陛下には、生まれて初めてのお願いまでしたのに」

「あ、あの。エマ、さん？」

「でも、わかりました。オリオンさんに、そういう気持ちが全くないなら仕方ありませんね。報酬なので、押し売りするものではありませんしね」

みるみる不機嫌になっていくエマは、ツーンと食事を口に運び続けるのだった。

「（ヒソヒソ）……俺、何かやらかした？」

「（ヒソヒソ）今のは師匠が悪いです」

ヒソヒソとアリスに問いかけると、どストレートな言葉。

「——鈍感」

「なんで？」

更には、エミリーが、ぼそりと隣で呟く。

——解せぬ。

「ううっ、胃が痛い……」

「大丈夫ですか、師匠？」

「オリオンさんは、常識破りの魔術師なのに妙なところで小心者なのです」

部屋に戻る時、俺は憂鬱な気持ちになっていた。

夕食が終わって部屋に戻ろうかという矢先。

——まさかのエルフ国王から、呼び出しがかかったのである
「今まで勇者パーティの式典とか、どうしてたんですか」

「ダニエルの引っ込んどけって言葉に、ありがたく従っていたぞ」

「なるほど……」

日立ちたがりのダニエルを、俺は俺で都合良く利用していたのである。

「大丈夫ですよ。陛下、優しいお方ですから」

ビビリにビビっている俺を見て、エマが苦笑しながら話しかけてきた。

「そうは言っても……。何かやらかしたら首、飛んだりしない？」

「まさか……。この国を救ってくれた恩人に、直接お礼がしたい——陛下が望んでいるのは、純粋にそれだけですよ」

そうして俺たちは、国王の待つ謁見の間に向かうのだった。


「会いたかったぞ、英雄！　そなたがエマの恩人——オリオンさんなのだな」

俺の心配は、杞憂だったといえる。

エルスタシア王は、とても気さくな人だった。

白髪のロングヘアを後ろで束ね、手には錫杖を携えている。威厳に満ちた容姿とは裏腹に、その口調はとてもフレンドリーだった。

「まさか王宮でも一目置かれていたリリアンヌが、モンスターの使いだったとはな。それどころか国内の者が、次々と洗脳されているのにも気がつかなかったとは——私は自分が恥ずかしいよ」

国王は、恥じるようにそう言った。

実際、リリアンヌの洗脳魔法は、とても巧妙だったのだそうだ。

まずは凄腕の魔術師として、リリアンヌはその立ち位置を確固たるものにした。

そうして騎士団の顧問として発言権を手に入れ、徐々に洗脳魔法を駆使して、リリアンヌを盲信させていく。そうなればモンスターが囁く破滅の言葉が、徐々に真実のように感じられてしまう――そんな恐ろしい精神攻撃。

(本当に恐ろしい相手だったんだな)

俺が訪れたのは、エルフの結界が破られてからだ。

それまでの過程を国王目線で話を聞いて、正直、肝が冷える思いだった。

「王宮で洗脳魔法を許すなんて。私がもっとしっかりしていれば……」

エマが、悔しそうに唇を噛む。

「そうして何でも抱え込もうとするのは、エマ様の悪い癖じゃぞ」

「俺もそう思うぞ」

「……はい、そうでした。この国を滅亡から救えたこと――そのことだけは誇っていいって、今はそう思っています」

エマは、静かにそう頷く。

「本当にそなたにとって、良い出会いだったようだな」

その言葉を聞いて、国王は嬉しそうに頬を綻ばせているのだった。

(なんだ、エルスタシア王)

（いい人そうじゃないか）

常に自分を責めるようなことを言っていたエマ。

それは周囲の環境による影響が大きいのではないか、なんて疑っていたときもある。ましてエマの意思を無視して、報酬として俺の元に送り込もうとする相手だ。

場合によっては、失礼を承知で何か口を挟まないといけない。

そう思っていた時もあったが、それは要らぬ心配だったようだ。

「ところでオリオンさん――」

そう胸を撫で下ろしていたところ。

国王の言葉は、不意打ちもいいところだった。

「うちのエマの、どこが不満なのだ？」

「……へ？」

「うちのエマは、客観的に見ても可愛らしいし、何より性格も良い。おまけにこの国の聖女――その地位は王族すら凌ぐほど。いったい何に不満があると？」

――国王が、鋭い眼光で、俺を問い詰めてきたのだ。

「……んんん？」

「ちょっ？　陛下、変なこと言わないでください！」

「しかし、生まれて初めてのそなたの願い。ぜひとも叶えてやりたいと思うのは当然で――」

国王は、聖女エマのことを実の娘のように溺愛していた。

「それこそ余計な気遣いです！」

そう言いながら、エマは真っ赤になって俯いてしまう。

（――そういうことなのだろうか）

夕食の席でのことを思い出す。此度の〝報酬〟のことは、心ない国王が勝手に決めたことではなく、むしろエマが言い出したことで――、

「そんなにジロジロ見ないでください。ついでにいろいろと忘れてください」

消え入りそうな声で、エマがそう目を逸らす。

「何だか、いろいろとすまんかった」

「こちらこそ無茶言ってすみません。オリオンさんをこの国に縛ることになってしまう――到底、受け入れられる願いではありませんでしたから」

エマには、これからも聖女としての職務がある。

これからも冒険者として活動していくつもりの俺についてくることは、実質、不可能なのだ。

「そうだ。気になっていたんです――この国の仕組み」

もしかすると俺の発言は、よそ者が出しゃばるな、と怒らせる結果に終わるかもしれない。

それでもエマのことを本気で案じている国王なら、きっと大丈夫だ。

「結界の維持を、聖女に任せるやり方――あまりにも負担が大きいと思いませんか？」

「何が言いたい？　そんなことは私もわかっている――これまでも、エマには随分と負担をかけてきた。……それでも、他にやりようがないのだよ」

重々しい口調で言う国王陛下。

「いえ。やりようはきっと、他にもあると思うんです」

少なくとも人間は、そのようなやり方を取ってはいないのだから。

「例えば――我々の国のやり方なら、聖女という存在は不要です」

「オリオン。お主、まさか――」

「突然、こんなことを言い出してすまない。だが……、結界の維持が大切なら、その方法はもっと研究を深めるべき――それこそ種族ごとの役割に囚われずに。そう思うんだ」

後ろでやり取りを見守っていたプリシラが、ハッと息を呑む。

俺が言い出したのは、暗黙のうちに門外不出だった結界の秘密――それを種族の枠組みを超えて共有しようという、非現実的なプランであった。

鍵になるのは、人間の結界の技法だ。

きっとそれは、プリシラが持っている。

それほどまでに重要な魔法を、モンスターに対抗するために築き上げた魔術師組合が放置している訳がないと俺は考えていた。

「つまりは何が言いたい？」

国王は怪訝(けげん)な顔をするばかり。

エマも、おろおろと事態を見守っている。

「――わらわから説明しよう」

真剣な表情で、一歩、プリシラが前に出る。

「そなたは？」

「わらわは魔術師組合の組合長――プリシラと申す」

「なんと。あなたが――」

魔術師組合――それは人間の優秀な魔術師が集まってできた互助組織。

その名前は、遠く離れたエルフの地でも有名らしい。

「プリシラ殿、お会いできて光栄です」

「単刀直入に言おう――わらわたちが保持する結界の技法を、エルスタシアに提供しよう。対価は、そちらの技法の共有。どうじゃろうか」

「願ってもいない話だが……」

考え込む国王は、そこでちらりとエマを見た。

この国で、結界についての発言権が一番強いのは、聖女であるエマなのだ。

「いいんですか？　私たちに利しかない話だと思いますが……」

「とんでもない。聖女の使う魔法に、これまでエルスタシアを維持してきた術式――それは我々にとっても、間違いなく実りのあるものになる」

話は、前向きに進んでいく。

もっとも、事はこの場で結論を出せるほど軽いことではない。

最終的に互いに持ち帰って、慎重に決めたい――そういう話になったけれど。大きな一歩を踏み出したのは、疑いようのない事実であった。

「ありがとうございます、オリオンさんにプリシラさん」

エマは、未だに信じられないという顔をしていた。

「聖女の役割。国を守る重責――そういうものだと諦めていました。どれだけ辛い日があっても、これは誇りある仕事だから。決して投げ出すことは許されない」

エマは、ぽつりぽつりと話し始める。

もっと上手くやりたかった。

聖女としての理想は、いつも遥かに遠く。

――だってそうしなければ、大好きなこの国を守れないから。

「もし人間のやり方が広がれば、それはエマの役割を奪うことになってしまうかもしれない。……いいのか？」

エマは、誰よりも責任感が強い。

その仕事ぶり、ストイックさは、国に勤めるエルフなら誰もが知っている。

もしかすると余計なお世話だったのだろうか。

一瞬、そう不安になった俺だったが、

「やっぱりオリオンさんは、どこまでも優しいですね」

くすりとエマは微笑み、

「今のやり方はいびつだと私も思っていました」

「それは――」

「変えられるなら、変えていくべきです。それが国のためになるのなら」

エマは、はっきりと口にする。

そうして、その日の会合はお開きになった。

嵐のような一日が、ようやく終わろうとしていた。

俺は用意されたベッドに横になり、目まぐるしく変化する状況を思い返していた。

(国の裏で、モンスターが暗躍している)

(まさか、こんな形でかかわることになるとはな)

クエストの報告に向かったところで、エルフの少女を助けたのが始まり。

正直、プリシラから話を聞いたときには、ほんの遠い世界の話のように思っていた。

けれども、エルスタシアでの事件はまさしく日常の延長上。

モンスターの脅威を身近に感じ、思わず背筋が寒くなる。


「オリオン、居るか?」

「……師匠」

考えにふけっていると、部屋の扉がノックされた。

その声の主は、ジークフリート——俺のことを幼少期に助け、俺が密かに師匠と呼んで慕っている相手であった。

「すまないな。急に訪ねたりして」

「いえ、大丈夫です。聖域ではずっと慌ただしくて、ゆっくり話すこともできませんでしたから」

俺は、そう答える。

事実、モンスターの対処に追われ、おちおち話す暇もなかった。

決着がついてからも、やれ後処理だ、やれ歓迎会だと忙しく——こうして二人でゆっくり話す暇なんてなかったのだ。

(師匠が、いったいなんの用だろう)

不思議に思った俺に、

「どうだ、ひと勝負？」

ジークフリートは、そんな言葉を投げかけてくるのだった。

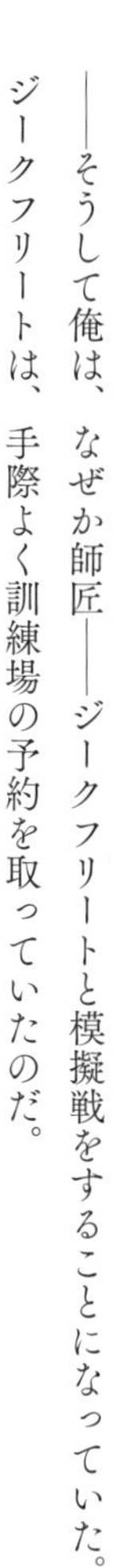

——そうして俺は、なぜか師匠——ジークフリートと模擬戦をすることになっていた。
ジークフリートは、手際よく訓練場の予約を取っていたのだ。

意味がわからない。

「こんな真夜中に模擬戦をやりたいじゃと!?　いったい何を考えておるんじゃ！」

噂を聞きつけたプリシラが、すっ飛んできてジークフリートに噛みついた。

「ああ。騎士団長も、快く訓練場を貸してくれた」

「まったく、なんでお主はそんな所だけは、行動が早いんじゃ……」

「俺としても、ぜひともお願いしたいです！」

聖域で見せた鬼神のごとき強さ。

師匠が凄腕の魔術師であることは、疑いようがない。

手合わせを願えるなら、こちらから頼みたいぐらいだった。

「ほら、オリオンの奴もそう言ってることだし――」

「まったく、オリオンさんまで……」

プリシラは、諦めたようにため息をつくと、

「お主らがまともに戦えば、それだけで建物が崩壊する。あまり熱くなるでないぞ」

などと言いながら、渋々、認めるのだった。


訓練場の中は、翠と蒼を中心としたマナで満たされていた。

その主は、エマの契約精霊であるテルだ。模擬戦をやろうにも、マナの足りない状態ではろくな戦いができない――そう考えたジークフリートが、エマに約束を取りつけたのだ。

「立派になったな」

ジークフリートが、懐かしそうに目を細める。

俺とこの人が、関わりがあったのはほんの一瞬。

だけどその一瞬がなければ、俺は間違いなくここには立っていない。

「あなたが、呪わないでほしい。そう言ってくれたから、俺はこの力を極めようと思ったんです――胸を借ります、師匠」

「あの時の少年が、果たしてどんな道のりを辿ったのか――来い、オリオン！」

ジークフリートは、腰を落とし、じっくりと剣を構えた。

プリシラと似たような戦い方――聖域での戦い方を、俺はすでに見ている。

(接近戦は不利)

(そうなれば、やるべきは距離を取っての持久戦！)

この土地のマナ構成では、使える魔法は限られている。

俺が素早くバックステップし、距離を取ろうとしたところで、

「ウィンドカッター！　俺が接近戦しかできないと、何故そう判断した」

「ッ、守れっ！」

鋭い風の刃が飛んできて、俺は慌てて防御に回る。

翠のマナを潤沢に使い、風の盾を咄嗟に生み出したのだ。

「なるほど、たしかに初めて見る。それが例の古代魔法(ロストスペル)か」

興味深そうに呟くジークフリート。

ジークフリートの瞳は、たしかに俺が使ったマナを追っていた。

（師匠、やっぱり――）

（この人にもマナの動きが見えている！）

プリシラと同じように、接近戦のみを好む魔術師だと無意識に考えてしまった。

とんでもない勘違いだ――エドワードの真骨頂は、マナが見える目の特性と、そこから繰り出される分析力。

ジークフリートは、俺と似たタイプの魔術師だ。

プリシラと似た方法でモンスターを切り伏せていたのは、それが得意だからではない。

ただ、それがあの場において、もっとも効率的だからだ。

「俺も師匠が使った魔法は、初めて見ました」

「ほう、やはり違いがわかるか。新緑式術式――少数民族の間に伝わる特殊な術式でな。特に翠のマナを使う魔法とは相性がいいんだよ」

ニッと、ジークフリートが微笑む。

「いいですね、もっと見せてください」

「そう余裕を持っていられるのも今のうちだ！」

ジークフリートは、そう言うや否や、またしても見慣れぬ術式を発動。

未知の現象に遭遇したとき、頼るのは知識ではなく観察眼だ。

俺は周囲のマナを探り、

「もう遅い！」

「くそっ、そういうことか」

「凍りつけっ！」

背後に生まれたのは、蒼のマナが凝縮された空間。

空間が軋むほど圧縮されたマナから巨大な氷塊が現れ、俺を押しつぶそうとした。

（殺す気か？）

まともに喰らえば、氷の塊に圧殺されるか、そうでなくとも氷漬けにされてしまう。

「まだまだっ！」

刹那（せつな）の判断。

俺は、風を纏わせた刃を生み出し、一瞬で氷塊を切り刻む。

切れ味を増した剣は、分厚い氷の塊すらも物ともせず切り刻んだ。

「もらった！」

「やっぱり、そう来るよなっ！」

背後から斬りかかってくるのを予想し、俺は後ろ手に剣を割り込ませて攻撃を防ぐ。

（まだ何か奥の手を持ってるかもしれない）

（一撃で決めるっ！）

「お返しだ！」

「なっ？　あの一瞬で――」

「凍りつけっ！」

蒼白いマナの特性を極限まで突き詰め、周囲の空気ごと敵を凍らせる魔法。

俺はジークフリートが集めたマナを、そのまま攻撃に利用したのだ。

防御に使った剣は、攻撃にも転用できる凶悪な置き土産。刀身からメキメキと氷が生え、ジークフリートを飲み込まんと牙をむく。

「何のこれしきっ！」

「師匠、これで終わりだ――」

すぐに対応されることはわかっていた。

ほんの一瞬、隙が作れればそれで十分。

「なんだ、その構えは――」

「荒れ狂え、吹き荒れて、敵を飲み込めっ！」

俺と師匠は、俗に言うトリプル以上の魔法を連打していた。

マナが薄いエルスタシアで、それでもエマの契約精霊のおかげで、一応、魔法が使えていた状態
――そんな状況で、何も考えずにマナを激しく消費し続ければどうなるか。

答えは簡単――訓練場のマナが、また枯渇しつつあったのだ。

「なっ、足りないマナの補充も行わずにそんな魔法を発動させたら！」

「大丈夫。氷の壁が盾になってくれる！」

「ふざっけるな！　俺が大丈夫じゃ——ぐわあああああ」

剣から氷の壁が生え、その内部で暴発した風の魔法が吹き荒れる。

魔力暴走を制御することはできるか。

俺はそう考えるのをやめ、暴走したものは暴走したまま利用することにしたのだ。

一番簡単な方法は、さっきやったように敵を閉じ込め、その内部で魔法を暴走させること——上手くいけば、少ない魔力で絶大な威力を発揮することだろう。

それがリリアンヌとの戦いで見つけた、俺の新たな戦い方だ。

「何ですか、今の戦いは!?」

「おい、オリオン？　やりすぎじゃ！　ジークを殺すつもりか？」

アリスが目を見開き、プリシラは焦ってジークフリートの救出に向かおうか迷っていた。

今も氷の中では恐ろしいかまいたちが発生し、あらゆるものを切り刻まんと牙を向いている。

(まあ、大丈夫だろう)

(師匠は最強だし)

一瞬、心配したがそれは杞憂。

魔力暴走が収まると同時、ジークフリートが氷の壁をぶち破って飛び出してくると、

「こ、殺すつもりか？」

そう言う割には、傷一つないジークフリート。

それでも、もう戦意はないと示すように両手を上げ、

「立派になったな——オリオン。降参だ」

そう口にするのだった。


「師匠、無事で良かったです！」

模擬戦を見守っていたアリスが、どこかホッとした表情で駆け寄ってくる。

実際、腕試しと呼ぶには凶悪すぎる魔法が飛び交っていたからな。

だとしても、これほどまでにハイレベルな魔術師相手の戦いなんて、滅多にないのだ。ワクワクして、想定以上の魔法を試してしまうのも許してほしい。

「二人とも馬鹿なんじゃゃな？　死にたいのか、死にたいんじゃな！」

「いでで、そんな乱暴に包帯を巻かないでくれよ——」

「ふん。こんな場所で、よりにもよって本気で戦いおって——痛みはその罰じゃ」

「ギャアアアア、いだだだだだ」

向こうでは情けない悲鳴を上げる師匠に、プリシラが傷薬を塗りつけていた。

とびっきりしみるやつを——あれは嫌がらせだな。たぶん。

「それにしてもマナの動きを観察して、そこから術式を解析するとは——とんでもない魔法の使い方をするもんだな」

「はは、師匠にそう言ってもらえると嬉しいです」

俺は、師匠の手をガッツリと握る。

師匠は、強敵だった。

見たこともない魔法を次々と発動していた。

それだけでなく、俺の動きを的確に先読みして、攻撃の手を緩めることもなかった。

たまたま虚を付けたから勝てただけで、もう一度戦えば結果は違ったものになるだろう。

「それにしても、模擬戦とはいえジークが負けるとはな――」

「へへん、なんてったって師匠は最強ですから」

驚くプリシラに、えっへんとアリスがなぜか胸を張る。

「歴代最強の魔術師――わらわが見てきたどの魔術師よりも、ジークは強いぞ。それこそ並大抵のクアドラプルでは、最初の一撃で決着がつくのが関の山じゃ」

「よせや、プリシラ。褒めても何も出ないぞ」

プリシラの素直な称賛に、ジークフリートは居心地悪そうに身じろぎする。

「オリオンの魔法の本質は、その拡張性にある。わらわはそう思っておる」

「そう……、なのかもしれないな――」

俺の得意な戦い方は、魔法の解析と再現だ。

より有用な魔法を見れば、それを自分の中に取り込める。

それは言ってしまえば、戦えば戦うほど強くなれる魔法の在り方だ。

「じゃからな。わらわは、今のオリオンの実力は、精々ジークと一度でも切り結べれば御の字――そう考えておったんじゃ」

それができる魔術師も世界に数人もおらんからな、とプリシラは言う。

「それなのに数度となく刃を合わせて、最後にはジークフリートを圧倒するとは――。オリオンの強さは、本当に底知れんな」

「それは俺を持ち上げすぎだ」

プリシラの言葉に、俺はそう返す。

「戦いの引き出しという意味では、遥かに師匠のほうが多い。今回はたまたま取った戦術が、本当に運良く刺さっただけ。もう一度戦ったら、きっと結果は変わるだろうさ」

これはまぐれの勝利だ。

――今は、まだ。

模擬戦が決着したところで、

「オリオン、おまえは古代魔法(ロストスペル)について、どこまで知っている？」

ジークフリートが、そう俺に問いかけてきた。

「大昔に滅んだ魔法体系だということぐらいは――」

「それなら話が早いな。いずれは知ることになる――俺とプリシラが知っている古代魔法について、今から話そうと思う」

ジークフリートが、そう切り出した。

古代魔法――それについて俺は、言葉ぐらいしか聞いたことがない。

「最初に言っておくと、俺も詳しいことは知らねえ。ただ捕らえたモンスターから、たまたま聞き出すことに成功しただけだからな――」

そう前置きしながら、ジークフリートは古代魔法について説明し始める。

「この世界が、五大結界で守られているのは知ってるな」

「ああ。プリシラから聞いた――人類、エルフ、ドワーフ、獣人族、鬼族の五大種族がそれぞれ持っている結界だったよな」

それと古代魔法に何の関係が？　と首を傾げながら続きを促すと、

「実はな。もともと種族は六つあったんだよ」

――人類、エルフ、ドワーフ、獣人族、鬼族――それと魔族。

今のモンスターの祖先だな、とジークフリートはとんでもないことを言い出した。

「なっ？」

「モンスターも種族の一つとして考えられていた、ですって？」

「そんなの――あり得ないのです」

俺だけでなく、アリスやユリアも動揺を隠せない。

そんな中、プリシラだけは静かに話の行方を見守っていた――彼女にとって、それはすでに既知の事実だったということか。

「あのモンスターが言うには、ざっと一万年前――モンスターは、世界から魔法を奪ったんだ」

「魔法を、奪う？」

「ああ。大昔の魔法体系では、体に魔法式を埋め込んでいた。魔法式と、種族ごとに保持する『法典』をリンクさせて、魔法を使っていたんだとさ」

国ごとに保持する特殊な魔道具を使って、人々は魔法を使っていたということか。

「つまり法典さえ盗んでしまえば、あっさりと人々は魔法を失うってわけさ」

マナを自在に操るという古代魔法——それは『法典』という魔道具に頼り切ったものだった、というのが真相らしい。

一万年前、人類は法典に頼り切りだったのだ。

だから法典を魔族に盗まれ、あっさりと魔法を失ってしまったのだ。

「じゃあ、今広がっている魔法は——」

「ああ。失われた魔法を、どうにかして再現しようとした叡智の結晶。それが、この世界に広がっている現代魔法というわけさ」

あまりにも現実感のない話だ。

「一万年前——その世界で、人々はマナを見ていた」

体に埋め込まれた魔法式を通してだな、とジークフリートは言葉を続ける。

ジークフリートが話しているのは、あくまで昔捕らえたモンスターから聞き出した情報だ。

それでも俺は、その話は信憑性が高いと感じていた。モンスターの寿命は長い——俺たちにとって一万年前といえば太古の昔の話だが、モンスターにとってはそうではないのだ。

「その世界で人々は、ただマナにしてほしいことを念じるだけで、魔法を行使していたそうだ」

「なっ、それって――」

「ああ、そのとおりだ。おまえの使う魔法とそっくりなんだ」

ジークフリートに明かされた事実は、あまりに衝撃的だった。

大昔にモンスターによって奪われた魔法体系――、

「ならやっぱり、師匠は古代魔法使い（ロストスペリアン）ということですね！」

「そんなアホな？　その魔法を使うためには『法典』とやらが必要なんだろう？」

テンションの上がった様子のアリスに、俺はそう突っ込む。

たしかに俺は、この力の正体を知りたいと願っていた。

だとしても、俺のこれが一万年以上も前に失われた魔法体系による魔法で、しかも現在では使えるはずがないものだといわれても、まるでピンと来なかったのだ。

「そうだ。師匠だって、こうしてマナを見ているんだろう？」

「ああ、でも古代魔法は使えない。マナを直接操るなんてことができるのは、オリオン――おまえぐらいさ」

マナを見ること。

それと自由自在に操ること。

それは、まったく別物なのだとジークフリートは言った。

「オリオン。どうしておまえが、一万年前に失われた古代魔法を使えているのかはわからない。それでも確かに言えるのは――おまえのその力が特別ということだけだ」

「古代魔法――俺だけが使える力」

俺は、ジークフリートの言葉を繰り返してしまう。

かつて魔族により奪われ、本来であれば存在しないはずの禁忌の魔法。原因はわからないが、俺だけがその魔法を使えるらしい。

知りたくて仕方がなかった力の正体――ようやく、そこにたどり着いたのだ。

達成感と、同時に襲ってくるのは不安だ。

「何で、俺だけがそんな力を使える？　存在が知られていないだけで、他にも使える奴はいくらでも居るんじゃないのか」

「それは考えづらいな。そんな力を持つ魔術師が現れたら、必ず噂が聞こえてくるはずだ」

「無論、その可能性を完全には否定できんがな。じゃがな、オリオン。五百年生きてきて、数多の魔術師を見てきたが――そんなことが可能なのは、後にも先にもお主だけじゃ」

ジークフリートだけでなく、プリシラまでそう言葉を重ねてくる。

「すまんな、オリオン」

思わず黙り込んでしまった俺に、ジークフリートがそう謝罪してきた。

「何がですか？」

「その力は、替えの効かない特別なものだ――もともとは俺が、使い方を教えてしまったせいで、こうして魔族の戦いに巻き込まれることになってしまった」

「それは違いますよ、師匠。もし俺が師匠と出会わなければ――」

その未来は、想像するだけでも暗い。

マナの制御すらおぼつかず、普通の暮らしすら難しかっただろう。

たとえモンスターと戦い続ける人生になったとしても、こうしてアリスや師匠と出会えた人生のほうが、はるかに面白い日々を送れている。

――そう確信できる。

「だが魔族との戦いの最前線に立ち続けるというのは、想像以上にしんどい。そんな過酷な運命を、お前に背負わせたくはなかったんだがな――」

プリシラとともに、魔族との戦いに半生を費やしてきたジークフリート。

その言葉は、とても重々しかった。

しかしその空気を吹き飛ばすように、声を上げる者がいた。

「過酷な運命――そんなもの、師匠だけには背負わせません！」

確固たる決意とともに、アリスはそう言葉を紡ぐ。

それからアリスは俺の顔をのぞき込み、こんなことを言い切るのだ。

「師匠が背負うもの。私にも背負わせてください」

「アリス――」

ああ。別に、何も気負うことはないのだ。

戦いに力を貸す覚悟――そんなものは早い話、冒険者になった時点でできている。

アリスが戦いに巻き込まれることが不安なら、もっと自分が強くなれば良い。

もっと一緒に強くなれば良い。

誰にも負けない最強のパーティになれば良いのだ。

「わ、私だってこのパーティの一員なのです！」

「私も、オリオン君と最後まで一緒に行く！」

ユリアとエミリーも、ここぞとばかりに表明してくる。

――このメンバーでなら。

たとえどんな魔族が相手でも、負ける気がしなかった。

「受けて立ちますよ。どんな運命でも魔族でも」

だから俺は、ジークフリートに宣言する。

「そうか――いい仲間を持ったな、オリオン」

「ええ。本当に、俺には過ぎた大切な仲間です」

ジークフリートが、俺の声を聞いて満足げに頷く。

そうして模擬戦を終え、俺たちは自身の寝室に戻るのだった。

「ほら、心配要らなかったじゃろう？」

「そうだな。若者のパワーを舐めていたようだ。これは、そろそろ引退かな――」

「ふふっ。お主には悪いが、まだまだ働いてもらうぞ？」

後ろではジークフリートとプリシラが、そんな言い合いを始めていた。

（古代魔法か――――）
ベッドに横になり、あらためて自分の力について思いを馳せる。
知ってしまった世界の真実。
正直なところ、遠い世界の話すぎて未だにどう受け止めていいのかわからない。
（でも、それでいいのかもな）
別に世界の命運を背負う覚悟なんて、持たなくていい。
日常の延長に、やるべきことはあるはずだ。
（過酷な運命――――、か）
（その運命のおかげで、今のパーティメンバーに出会えたなら）
（俺は、その運命に感謝しないとな）
そう自分の中で結論をつけて。
俺は、そのまま眠りにつくのだった。

翌日の朝。
――目を覚ました俺は、衝撃的な事実に叩き起こされることになる。
「はぁあああ？　王都が、モンスターの集団に襲われている？」

すでに早朝にもかかわらず、パーティメンバーが俺の部屋に集まっていた。

プリシラとジークフリートが、深刻そうな顔で、魔道具を操作している。魔術師組合に連絡を取り、急いで事実関係を調べているのだろう。

こうして俺の部屋に集まったのは、どう対処するか相談するためらしい。

「どうして、そんなことがわかったんだ？」

「あまり大声では言えないんですが——各国の情勢を知るため、いくつかエアリアルを飛ばしているんですよ」

俺の問いに、そう小声で答えたのはエマだ。

「え、それってスパイってこと？」

「言葉を選ばず言えばそうなりますね」

「今は緊急事態じゃ、目をつむろう。そんなのはお互い様じゃろうしな」

驚く俺たちをよそに、プリシラが淡々と答えた。

(怖っ！)

何なら裏でモンスターが暗躍している、と聞いたときより衝撃的だった。

「王都の周辺にモンスターが現れたのは、ちょうどこの国が襲われた翌日。……くっ、完全に動きを読まれていたな」

そうプリシラが、爪を噛んだ。

「つまり、どういうことですか？」

「リリアンヌによるエルフの里の襲撃はおとり。本命は王都の襲撃――くっ、どうして気づけなかったんじゃ」

「あの状況じゃ仕方ない。それよりどうするか考えないと」

王都までどれだけ急いでも、一週間ほどかかってしまう。

更に言えば、今の俺たちはどう言い繕っても万全の体制ではない。

全力でエルフの里までドラゴンを飛ばしたアリスは言わずもがな、多かれ少なかれ皆、結界を守るための戦いで疲弊している。

「大丈夫です、師匠！　まだやれます！」

「落ち着け、アリス。無茶して着いてから万全の体制で戦えなくなったら意味ないだろう」

大丈夫だと本人は言っているが、アリスのアイス・ドラゴンはどうにもアリスの負担が大きい。

できれば高頻度で使わせることは避けたいところだ。

（といっても、他に手段はないか……）

（くそっ、せめて王都の様子が分かれば――）

馬車を乗り継いでちんたら戻っていては、間に合いませんでしたとなりかねない。

やっぱり無茶を承知で、移動はアリスに任せるか――そう考え始めたとき、

「あなたたちは、我が国の恩人だ。友好国であるモンターニャの危機だというのなら――あなたたちに我が国が誇る飛空艇を託そうではないか」

そう言い出したのは、エルスタシアの国王陛下だ。

モンターニャ――それは俺たちが人間が暮らしている国の名前である。

「陛下、いらっしゃったんですか？」

「そのままで良い」

慌てて姿勢を正そうとする俺に、国王陛下はそう鷹揚に告げる。

「飛空艇――ですか。いいんですか？」

「ああ、もちろんだ。そなたたちは、我が国を救うために危険を顧みず駆けつけてくれた。我々にできることは、何でも協力させてもらおう」

「私も同じ気持ちです」

国王に続き、エマもそう言った。

エルスタシアの助けを、特に聖女であるエマの助けが得られるのは心強い。

俺は視線をプリシラに戻し、現在の状況を尋ねる。

「プリシラ、敵の狙いはわかるか？」

「予想どおりというか――奴らの狙いは結界じゃ。王宮近くの教会と、結界が狙われている――そう報告が上がってきておる」

プリシラは、簡単に結界の状況を説明する。

プリシラいわく、モンターニャ王国の結界は、とにかくメンテナンスのしやすさを優先的に設計されているらしい。それは結界に多少の綻びが出ても、容易に修復可能であるということだが、今回のように外敵からの攻撃には、すこぶる弱いという弱点も持っていた。

「やはりあのモンスターが暗躍しておるようじゃの」

「あのモンスター？」

「モンスターが、冒険者ギルドマスターに扮しておったのじゃ。奴はギルドでのうのうと情報を集めておった――あり得ない失態じゃ」

苦々しい声で、プリシラが言う。

「奴の攻撃は的確じゃ。初めに教会を襲撃して、結界の修復能力を奪い――そのまま結界に穴を開けるべく王宮を襲撃する。たとえ自分たちが打ち倒されたとしても、結界に穴さえ開けて修復さえさせなければ勝ち――そう判断しているようじゃ」

「それは――厄介だな」

結界の修復能力を奪う。それは、ここエルスタシアでも行われた攻撃だ。モンスターの攻撃は、長年にわたって計画されていたかのように的確だった。

プリシラからの報告は続く。

「すでに王都の教会は、その機能を停止しておる」

「なっ!?　じゃあ、もう一刻の猶予もないじゃないですか！」

モンスターが、王宮近くまでなだれ込んでいるということだ。

もはや一刻の猶予も許されない。

そんな絶望的な状況に思えたが、

「だが、とある集団が、城下町を中心に抵抗しているらしい。その名は――ほう、驚いた」

プリシラは、ひゅっと息を呑むと、

「城下町の対モンスター傭兵組織は、勇者ダニエルが率いているそうだ」

そう告げるのだった。

「「「ダニエルが？」」」

出てきた予想外の名前に、驚きの声を上げるのは俺とアリスとエミリーだ。

あいつが率先して敵と戦う要素が、一ミリたりとも想像できなかった。

「何はともあれ、急いで王国に戻るのじゃ。飛空艇に急ぎ乗り込み、戦いに備えるのじゃ」

現状の説明を終え、プリシラはそう締めくくった。

どうにか最悪の事態は避けられそうな情勢。

「結界の修復なら何か力になれることがあるかもしれません――私も行きます！」

エマが、そう参加表明した。

――俺たちは、大急ぎで飛空艇に乗り込み、王国に向かうのだった。

《**勇者パーティ視点**》

俺――ダニエルは、王宮に向かっていた。
この国に迫る危機を直談判し、一刻も早く戦いの準備をさせるためだ。

王宮に到着後、俺たちはそのまま国王の元に通された。

(至急相談したいことがある、と先触れを出しておいたのもあるだろうが)

(それでも、国王にこうも容易く会えるとはな――)

勇者の持つ権力は、本当に大きいのだ。

今こそ、最大限利用させてもらおう。

「陛下、俺――私が相談したいのはエドワードという人間についてです」

「なんだ？　行方不明になったというギルドマスターであったな――」

国王が、眉をひそめた。どうやらギルドマスターが行方をくらまし、冒険者ギルドに混乱が起きていることは国王の耳にも入っていたらしい。

「後任の者は決まったんだろう。いったい何の用だ」

つまらない要件だったら、そのまま席を立つと国王の顔に書いてある。

「実は、エドワードの正体について――」

俺は証拠とともに、エドワードにかかっている疑念を口にするのだった。

「にわかには信じがたいな……」

俺が見せたのはエドワードが用意した魔導書と、今日エドワードが戻ってきたのを見たという目撃証言である。

しかし国王の反応は、芳しくなさそうだった。

「その魔導書が暴走したせいで、リッチが蘇っただと？　冒険者ギルドのマスターが、何のためにそのようなことをするというのだ」

「それは――」

魔導書のことを説明するためには、あの村で何があったのかを話す必要がある。

オリオンの奴が秘密にしておいてくれたおかげで、明るみには出ていない俺の醜態だ。

（話すべきだ）

（ここで力を借りられないと、全てはエドワードの野郎の思うがままだ！）

逡巡は一瞬。

俺は、エドワードにそそのかされて、オリオンから手柄を奪おうと画策していたこと。

エドワードの狙いが、オリオンであったことを説明していく。

「オリオン――ふむ。最近、『無のクワドラプル』に認定された魔術師であったな――プリシラの奴が、随分と入れ込んでおったな」

国王が、何かを思い出すようにそう呟いた。

（オリオンのやつ、しれっと国王にも名前を知られているんだな）

もっとも本人が聞いても、何も嬉しくないだろうけどな。

俺は、黙って国王の沙汰を待つ。

「ふむ……、そのようなことを伊達や酔狂で申告するはずがないか――」

そこまで計画して、魔導書のことを話した訳ではなかった。

しかし、この報告は俺の罪を明るみに出すものだ。

普通なら隠しておきたい情報であるはずで、それを押し切ってでもこの情報を伝えたかったのだと
――そう国王は判断し、結果として説得力が上がっていた。

「陛下。現にエドワードはしばらくの間、姿をくらましていました」

更にルーナが、そう口添えする。

実際、ちょっと冷静に考えてみれば、エドワードには怪しいところがある。

果たして国王が出した結論は、

「わかった。そこまで言うのなら緊急クエストを宣言する――各地から優秀な冒険者を王宮に招集する」

俺がもっとも望んでいたもので。

「よしっ――」

これで俺の役割は終わった。

後は家に帰って寝よう。

本気で俺は、そんなことを考えていたのだが……、

「勇者ダニエル。貴様はここに残り、冒険者たちの指揮を取れ」

「…………へ？」

そんなことを、命じられてしまう。

「いやいやいやいやいや、俺は――」

「勇者ダニエル、活躍を期待している」

そう言って国王は、颯爽と立ち去ってしまう。

「う、嘘だろう？」

「そりゃ、そうなるに決まっとるやろ」

今更ながらに頭を抱える俺を見ながら、ルーナが呆れたようにぼそりと呟くのだった。

そうして数日後。

「来るな、来るな、来るな、来るな、モンスターなんて来るな！」

見事に緊急クエストが発令された。

内容は、スタンピードの予知。

王宮に待機しているだけでも報酬が出るという破格のクエストとなっており、結果として全国から腕に自信のある冒険者が集まる結果となった。

（こいつらの指揮を任されるとか、たまったもんじゃないんだが？）

（てか正直、モンスターと戦いたくないんだが！）

「モンスターの襲撃、おそるるに足らず！　さあ、勇者である俺について来い!!」

「「うおおおお!!」」

内心では涙目になりながらも、とりあえず士気を上げるために威勢のいいことを言っておく。

実力よりも、今は勇者という肩書きが大事なのだと俺は考えていた。

それが今ここで〝勇者〟が取るべき行動だろうとも。


(来るな、来るな、来るな、来るな、モンスターなんて来るな!)

だが願いは届かなかった。

更にその翌日、ついにモンスターが街の近郊に現れたのだ。

「はっ、ダニエル様に報告します」

「ああ。聞かせてもらおう」

「奴らは城下町ではなく、近隣にある教会を執拗に狙っているようです」

――この時、ここにプリシラがいれば、敵の狙いに気がつけたことだろう。

――しかし、それをダニエルに要求するのは酷というもので。

「わかった。一部の者は、教会に向かえ。シスターや神父の避難を最優先に――残りの者は城下町に待機。第二波に備えるんだ」

俺は、そう判断した。

――付近の教会の襲撃がおとりである可能性も考えられた。

――その時のダニエルの判断は、決して間違ったものではなかっただろう。

結果として、エドワード率いるモンスターたちは、悠々と作戦の第一段階――結界の修復器具の破

壊を成し遂げてしまったのだ。


そうして、その翌々日。

ついに城下町にも攻撃が始まる。

すでに住人の避難は完了しており、残っているのは王宮を守るための冒険者たちだけだ。

「な、何だあの数は――」

「いったいどこに居たっていうんだ……」

ただのスタンピードだと信じていた冒険者たちは、モンスターの数に恐れおののいていた。

王宮を攻め滅ぼすためのエドワードが率いるモンスターの集団だ。

その数はざっと数えても数百にも及ぶ――これだけ大規模なスタンピードを見たことがある冒険者は、本当にごくごく一部の限られた者だけだろう。

「ど、どうしますか勇者様！」

(知・る・か!!)

誰かが、俺に質問している。

正直、全力で尻尾を巻いて逃げ帰りたい。

それでも辛うじて俺がここに残っているのは、いつかは本当の意味で勇者パーティに相応しくなってみせるという決意があったからだ。あと今逃げたら、事態が解決した後に、いよいよもって袋叩きにされそうだなあ……。なんて後ろ向きの気持ちもあったりする。

何はともあれ、俺はこの状況でできる最善を考え、

「あなたは、アレックスさん！」

——そこで顔なじみの冒険者を見つける。

同じ冒険者の支部にいるメンバーであり、性格は悪いがその腕は確かであった。

「おう。金魚のフンの勇者が、指揮官のマネごととはな。随分と出世したじゃねえか」

「……なんだと？」

「どうどう、ダニエル」

ルーナになだめられ、俺は我に返る。

たしかに軽口に反応している場合じゃないか。

「おい、アレックス。おまえなら、この状態でどう指揮を執る？」

「ああん？　それぐらい、自分で考えたら——」

「それができるなら、おまえなんかには頼らねえよ」

俺は、不機嫌そうなアレックスに考えを説明する。

「こいつになら背中を預けられる——そう思わせられるような指揮官が必要。そうだろう？」

「ああ、数は集まったが今いる冒険者は烏合の衆に過ぎない。このままいけば、モンスターの数に押されてあっさりお陀仏だ」

それがわかっているからこそ、アレックスは非常に不機嫌だったのだ。

俺が提案する案なら、上手くいけばその問題を解決できるはずだ。

「実は――」


馬鹿にするな、と罵られることも覚悟していた。

それは聞き用によっては、手柄を横取りする行為だからだ。

案の定、アレックスはしばらく白けた目で俺を見ているだけだったが、

「なるほど。たしかに俺の指示と、おまえの肩書きがあれば――悪い策じゃねえ。そういうことなら協力してやるよ」

最後には、協力を約束するのだった。


モンターニャの城下町には、数多の冒険者が詰めかけている。

普段は関わることのない冒険者たちが、ずらりとひしめき合っているのだ。

そんな中、冒険者を束ねられるのは誰かというと、それは圧倒的なカリスマを持つ者。あるいは、それに相応しい肩書きを持つものだ。

「聞け、ついに戦いが始まった！」

――俺が担ったのは、その役割だ。

俺がいる冒険者ギルドでは、すでに俺がどんな奴か知れ渡ってしまっている。

効果は望めないだろう。それでも、初めて俺のことを見る冒険者たちは、勇者という肩書だけで俺のことを指揮官に相応しい人間だと判断するはずだ。

「…………という作戦で迎え撃つ。俺が先陣を切る――ものども、続け！」

もうひとつの役割は、メンバーの士気を高く保つことだ。

勿論、俺に戦況を決定づけられるような力があれば、それがベストだろう。

だけども実際の俺は、Bランク冒険者に毛が生えた程度の実力しかない。

そんな俺が、一番この防衛戦で役に立てるなら、この立ち回りしかないのだ。

「なかなか様になってたじゃないか」

「伊達に普段から、俺は勇者だって威張り散らしてた訳じゃないからな」

「ふん、あの演説だけ見れば、おまえは本当に勇者みたいだったよ」

アレックスが、そう言いながら前線に向かっていく。

「お疲れ、ダニエル」

「ルーナか。おまえも前線に行くのか？」

「当たり前やろ。勇者パーティが、後ろで縮こまってる訳にはいかんからな」

そう声をかけてくるのはルーナだ。

そうしてモンターニャの城下町で、王宮を守るための戦いが始まろうとしていた。


――勇者ダニエルが見せた行動は、戦場に思わぬ効果をもたらした。

不安な戦場でこそ、心の支柱になる英雄が必要。

その役割を、見事にダニエルは果たしたのである。

それだけでなく、ダニエルを知る者もまた心を燃え上がらせたのだ。

いわく、あの駄目勇者ですら役割を果たそうとしているのに、俺たちが足を引っ張るなんてありえない——そう戦意をみなぎらせたのだ。

圧倒的な数で、相手の心を折りにいく。

そんなエドワードの思惑は、この時点で頓挫していた。

そうして短期決戦は望めぬまま、王宮防衛戦は苛烈さを増していく。

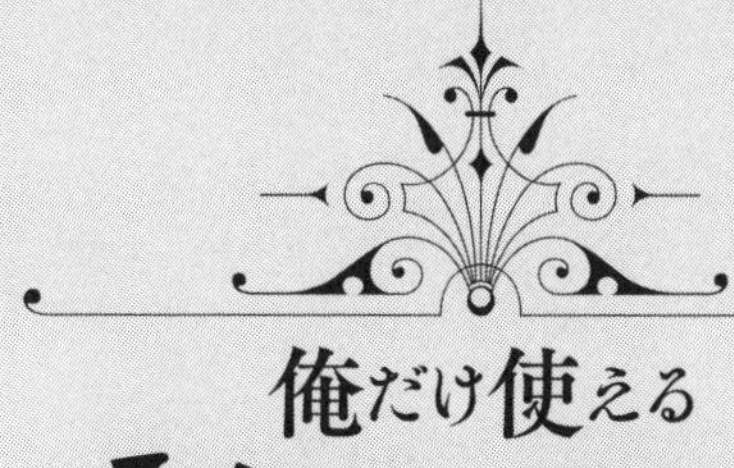

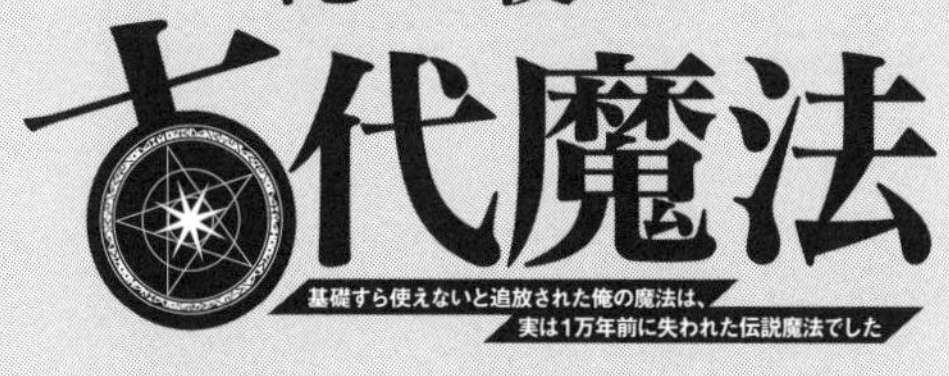
俺だけ使える
古代魔法
基礎すら使えないと追放された俺の魔法は、
実は1万年前に失われた伝説魔法でした

六章

六章　最終決戦

エルスタシアの国王から飛空艇を借り、俺たちは人間の国に急いで戻っていた。

(多くのモンスターが、襲撃に加わっているのは間違いない)

(頼む、無事であってくれ!)

祈るように移動時間を過ごし。

三日後、俺たちはついに王国の城下町にたどり着くのであった。


城下町の入り口は、人間と魔族が入り乱れて戦う地獄絵図の様相を呈していた。

目を疑うような数のモンスターの群れが城下町に押し入ろうと襲いかかっていたが、冒険者たちがどうにか食い止めている。

そうして城下町の入り口に着地した俺は、更に驚くべき光景を目にすることになる。

「お、おまえたち!　協力してくれたのか?」

『主の意思を汲み、参じた次第です』

『主に仇なす敵を、一撃で粉砕してみせましょうぞ?』

城下町の一角で戦っていたのは、グレート・ミノタウロスと、ブラック・ドラゴン。

過去の戦いで、俺が従えたモンスターたちだった。

冒険者たちは、最初こそモンスターに怯えていたようだったが、

「こいつら、俺たちのことは襲わねえぞ」

「向かってきてる敵だけを倒してる。誰かのテイムモンスターか？」

「わからねえ、だが今は力を借りられるなら猫の手でも借りたい気分だ‼」

とあっさりと受け入れられたらしい。

「協力、感謝する。とても頼もしいよ」

『なに。モンスターでありながら、使えるべき主を忘れたものに当然の報いを受けさせたまで』

『主に仕えることこそ、我が至上の喜び。敵を粉砕してみせましょうぞ』

二匹のモンスターは、城下町を守るように襲撃者を葬り続ける。

モンスターが自発的に、人間を助けている――それは、そんな貴重な光景だった。


そうして混沌とした戦場を突き進んでいくと、

「今は耐えるときだ。今を耐えしのげば、必ず救援が来るはずだ！」

前線から、そう仲間を励ますような声が聞こえてきた。

剣を構えているのは、一人の男――ダニエルだ。

ルーナがしっかり盾役をこなしながら、戦場に声を届け続けている。

（この悲惨な状況でも、士気は高い）

（ダニエルは、本当にうまく役割を果たしているみたいだな）

正直、プリシラから話を聞いたときは半信半疑だった。

それでもこうして目にすれば疑いようがない。

たしかにダニエルは、彼なりの方法で勇者として戦っているのだ。

(だとしても、この人数じゃ戦うにも限界がある)

(間に合ってよかった――)

少ないメンバーで上手く戦っている。

指揮官(恐らくはダニエルではなく、指示を出している別のメンバーが居るはずだ)が、よほど優秀なのだろう――囲まれるのを避け、逆に敵を分断しながら戦う見事な采配だった。

それにダニエルを指揮官として、機能させ続ける手腕も見事だ。

ダニエルに実力がないのは、普通ならすぐにバレてしまうだろう。そこを上手くカモフラージュするように、数人のベテラン冒険者がダニエルの傍を固めていた。その練度が高く、ダニエルの本当の実力をうまいこと隠しているようである。

「ダニエル、よくやった!」

ダニエルの隣に立ち、俺はそう声をかける。

同時にファイアボールを大量に生み出し、次々と射出し周囲のモンスターを一掃する。

「な? なんだ今のは?」

「あれほどいたモンスターたちが一瞬で溶けていく――」

「あれは――無のクワドラプルのオリオンさん?」

周囲のモンスターを蹴散らすと、冒険者たちからどよめきが起きる。

そのタイミングを見計らったように、

「最強の助っ人がようやく到着したぞ？　ものども、一気に押し返せ！」

「「「ッ？　うぉおおおおお！」」」

ダニエルがそう叫び、冒険者たちが雄叫びをあげながらモンスターの群れに突っ込んでいく。

その様子を見ながらダニエルが、

「おまえは――遅いぞ、オリオン!!」

ダニエルが、泣き笑いするような表情で俺の名を呼んだ。

「っ、くそ安心したら腰が抜けちまった」

「少しだけ格好よかったのに、本当に締まらんやつやなあ……」

それからダニエルは、脱力したように座り込む。

そんな様子を見て、ルーナは呆れたようにため息をつくのだった。


「ふっふっふ、体調はバッチリです――ファイア・ドラゴン！」

――すべてのモンスターを焼き払いなさい！

アリスも得意の魔法を放ち、周囲のモンスターを消し炭に変えていく。

炎でできた巨龍が上空を飛びながらモンスターを焼き払うのを見て、集まった冒険者たちはアリスを畏怖（いふ）の籠もった目で見ていた。

「ブラッディー・ボムWithアロー！　猛毒のおすそ分けなのです！」

「ユリア、それヤバイんだから味方が近くにいる場所では使うんじゃないわよ」

「わかってるのです、お姉さま！」

そしてユリアは、錬金術で怪しげな爆弾を開発していた。

それをエミリーの弓にくくりつけ、敵地に雨あられと振らせている。

あるものは巨大な爆発を巻き起こし、あるものは地形を毒沼に変化させ――エミリーとユリアもまた、アリスに負けず劣らず恐ろしい勢いで敵を殲滅していくのだった。

他にもプリシラは神速で敵地を縦横無尽に駆け巡り、敵を凄まじい勢いで切り捨てていく。

「お、おまえたちはいったい――」

みるみるうちに数を減らしていくモンスターを、冒険者たちは呆けたように見ているのだった。


そうして周囲のモンスターが、あらかた片づいたころ。

一瞬のうちに生まれた油断を突くように黒い人影が現れ、ダニエルに斬りかかった。

――その人影の正体は、ギルドマスターだ。

「やっぱり師匠が？」

「ダニエル、その首もらった！」

咄嗟のことに反応すらできないダニエル。

ギルドマスターことエドワードは、今まで見たこともない歪んだ笑みを浮かべていたが、

「やはり潜んでいたか、エドワード！」

「貴様は、ジークフリート！」

その攻撃を読んでいたかのように、ジークフリートが割り込みどうにかその凶刃を防ぐ。

「いつも邪魔ばかりしよって！」

ギリリと歯ぎしりするエドワードを見て、俺は寂しい気持ちになった。

ギルドマスター――エドワードには、散々、世話になった。

未だに命を狙われていた、とは信じたくなかったけれど……。

「ギルドマスター……、いやエドワード。やっぱり、あなたが黒幕だったんですね」

「無のクワドラプル――オリオンか。どこまでも忌々しいやつだ」

ゾッとするほど冷たい声で、エドワードが俺の名を呼ぶ。

そのあまりの変貌ぶりに、俺は思わず言葉を失ってしまう。

「あなたの狙いは、この国の結界の破壊。そうですね」

「ふっ、そこまでわかっているなら話が早いな」

エドワードが舌打ちして、剣を構える。

(凄まじい圧だ)

(エルスタシアで、リリアンヌと相対したときか……、あるいはそれ以上の強さ！)

相手は、結界を破壊するために送り込まれた高位のモンスターだ。

俺たちは、エドワードを倒すため武器を構える。

そうして戦いが始まろうかという時。

「ダニエル、おまえは誰に剣を向けている？」

なぜかエドワードが、ダニエルに話しかけ始めたのだ。

「今更、何を言ってやがる！」

「まあ聞け。おまえは、もう勇者としては〝終わった〟人間だろう」

――誰が、おまえに期待している？

――何のために剣を取る？

エドワードが、ダニエルに問いかける。

「オリオンという主役が来るまで、ちょっとした勇者のマネごとができて楽しかったか？」

「違う。そんなことは――」

「本当はおまえ自身が、いちばんよくわかっている。勇者というジョブに、自分がまるで見合っていないことぐらいな！」

「…………黙れ。黙れ、黙れ？」

ダニエルの心を抉るように、エドワードが言葉をぶつけていく。

俺からすれば、エドワードの言葉は全くデタラメに思えた。それなのにダニエルは、苦悶の表情とともに首を横に振り、

「俺は、俺は、俺は――！」

(何だ、これは？)

(何か良くないことが起きているような――)

そもそもなぜ戦いの直前に、エドワードがダニエルに話しかけてきたのか。

そこを疑ってかかるべきだったのだ。

「――まずい！　聞くな、ダニエル！」

「今更気が付いても、もう遅い！」

『愚かなる傀儡よ――芽吹け！』

エドワードが、魔法を起動する。

その魔法の展開とほぼ同時――ダニエルの体から、真っ黒い魔力の奔流が迸る。

「エドワード！　おまえ、ダニエルに何をした！」

「役に立たない屑を再利用しようというのだ。感謝してほしいぐらいだね」

「おまえッ？」

黒い魔力の本流は、ダニエルの体に埋め込まれた黒い魔石から出ているものだ。

エドワードは、いつの日かダニエルを利用するつもりで黒い魔石をダニエルの体に埋め込んでいたのだろう。

俺はダニエルの周囲のマナを観察し、術式の正体を探ろうとする。

(――何だ、あのマナは)

そのマナは、毒々しい黒色をしていた。

ダニエルの悲しみと、その精神と共鳴するように激しく蠢いている。

「さあやれ、愚かな傀儡。お前の本当にやりたいことは正義ごっこじゃない――その憎い男を殺すことだろう！」

エドワードが、そう命令し、

「コロス、殺す殺す!!」

そう叫びながらも、ダニエルは泣いていた。

血の涙を流しながら、慟哭していた。

――憎い敵を殺せ！

ダニエルに埋め込まれたのは、人の劣等感につけ込み心を操る呪いだ。

エドワードは、ダニエルの心の弱っている部分を徹底的に追い詰め、支配下に置いたのだ。

「ふざけるな、ダニエル！」

――正義ごっこ。

ダニエルが居なければ、とっくに城下町は滅ぼされていたかもしれない。

彼は彼なりに、今できることを、勇者としての役割を果たしたのだ。

それを事もあろうに、こいつは正義ごっこと言い放った。

「おまえ、あんな奴に言われっぱなしでいいのかよ？」

俺は、必死にダニエルに呼びかける。

こいつなら、あんな奴の呪いは跳ね返せると信じて。

「そうさ。俺は勇者になんてなれない」

ダニエルは静かに呟き、俺に向かって鋭い斬撃を放ってきた。

黒い魔力――モンスターの操る魔力を刀身に纏わせている。

ダニエルは、もがき苦しんでいる。

その斬撃は、まるで受け止める誰かを求めるように荒れ狂う。

「はっはっは、オリオン。おまえはやっぱり甘ちゃんだ！」

「ふざけるな！　こんな卑怯な真似をしやがって！」

ダニエルを操り俺を襲うよう仕向けたのは、そうすれば俺が反撃できないとふんでのことだ。

そしてその予測は、残念なことに合っている。

元々、仲間だった相手を殺すことなど、到底選ぶことはできない。

「そうだ、いいぞ。その忌々しい男を殺せ？」

エドワードが、歓喜の表情を浮かべている。

（まずいな。意識を刈り取れるかというと――）

（あのマナが邪魔で、それも難しいな）

ダニエルと共鳴している黒いマナは、彼をある種の興奮状態に追いやっていた。

魔法を放って、うまく意識だけを刈り取ることは難しいだろう。

「コロス。殺す、殺す！」

「ダニエル、正気にもどれ！　おまえがやりたかったことは、そんなことじゃないだろう！」

斬りかかってきたダニエルの刃を、俺は剣で真正面から受け止める。

慣れない鍔迫り合いをしながら、俺はダニエルに言葉を叩きつける。

「考えろ、ダニエル。何で奴は、真っ先にお前を狙ったと思う？」

「――あ？」

「それはこの中で、一番おまえが弱かったからだ！　肩書きだけの屑勇者！」

「エドワード、おまえは少し黙ってろ」

じろりと睨みつけ、俺はエドワードを黙らせる。

「この状況で、エドワードが真っ先におまえを狙った理由――それは、おまえを邪魔だと、勇者としてメンバーの士気を高めているおまえを、厄介だとエドワードが感じたからだ！」

「馬鹿なことを言うな！　そんな奴、替えはいくらでもいるだろう！」

エドワードが、そう叫ぶ。

しかしその言葉は、空虚に響くだけだ。本当にダニエルがどうでも良い存在なら、わざわざ不意打ちのタイミングでダニエルを狙う必要はない。

エドワードは、その行動をもって、ダニエルがこの戦場におけるキーパーソンであると認めてしまっているのだ。

「おまえにとっての理想の勇者は、戦場で颯爽と敵をなぎ倒すやつなんだろうさ」

「――ああ」

「だけど、それだけが役割じゃない。戦場で希望になること――それは俺にも、誰にもできない、お前だからこそできたことだ」

決して完璧ではなかったかもしれない。

だけどもダニエルが居たから、モンターニャは無事だったのだ。

「本当に、そう思っているのか？」

ダニエルは、信じられないと言うようにそう呟いた。

「ああ。おまえが居なければ、今ごろ国の結界は破られていた——ただの事実だ」

「そうか。俺のしたことに意味はあったのか」

「当たり前だろう」

俺は、静かに頷き返す。

——ダニエルの魔力暴走が、徐々に収まっていく。

——エドワードの仕掛けた悪意の芽が、今、摘まれていく。

「ふざけるな！　クエストは失敗続きで、誰もが馬鹿にしている。おまえは最底辺の負け犬だ!!」

エドワードが、再びダニエルを洗脳しようと呪いのような言葉を続ける。

しかしその言葉は、もう彼には届かない。

「エドワード。よくも好き勝手言ってくれたな」

ダニエルの瞳に浮かんでいたのは、静かな怒り。

ダニエルは迷うことなく剣を構え、まっすぐにエドワードに向けるのだった。

「おのれ、おのれぇぇぇ！」

すべてが計画どおりに進まぬ苛立ちか。

エドワードが、咆哮のような雄叫びをあげ――。

「オリオン、気をつけろ」

「ああ。何か仕掛けてくる気だ！」

果たしてエドワードの肉体が、徐々に変貌を遂げていく。

ぼこりと肉体が膨れ上がり、エドワードは数メートルあろうかという巨人に姿を変えた。

巨大な翼を生やし、皮膚は無機質な材質でできている。肉体の一部は腐り落ちており、ごぼりと不快な音を立てながら、不気味な泡を出している。更には顔からは二つ目玉が飛び出しており、ギョロリと眼球が蠢いている。

その不気味な姿が、エドワードのモンスター形態であった。

「貴様らごとき、策を弄するまでもない。ことごとく八つ裂きにしてくれる！」

エドワードが、そう叫びながら魔力を周囲に放出し――。

（な、何だあれは？）

エドワードを中心に、黒い魔力が吹き荒れる。

その魔力に触れた場所が、黒く変色して腐り落ちていくのだ。

マナの動きを観察しても、その理論は不明――いかなる防御策も意味をなすかどうか。

「師匠っ！」

「ナイス、アリス！」

間一髪のところで、アリスのアイス・ドラゴンが割り込んできた。

ドラゴンに飛び移った俺たちは、ぎりぎりで上空に退避することに成功する。

「な、何なんだあの化け物は――」

「あれが、エドワードの真の姿。手強いですね」

アリスが頬を引きつらせていた。

ずしん、ずしんとエドワードが歩くたびに、ぼこぼこと辺りが瘴気（しょうき）で腐り落ちていくのだ。

まさしく歩く災厄――厄介極まりない特性だった。

「皆さんは、私の後ろに。簡易的な結界を張ります！」

そう声を張り上げたのはエマだ。

「こんなところに、なぜエルフが？」

「嬢ちゃんはいったい？」

「話は後です――死にたくなければ、ここに入ってください！」

エドワードの瘴気から皆を守るように、エマが簡易的な結界を張っていた。

「オリオンさん、瘴気の対処は任せてください。その代わりに、どうにかそいつを倒してください！」

「まったく、簡単に言ってくれるな――」

エマの叫び声が聞こえてくる。

俺は、そう苦笑しつつも。

――言われなくても。

この化け物を倒さない限り、俺たちに未来はないのだから。

「おい、オリオン。どうするつもりだ？」

「とりあえずはいろいろな攻撃を試してみるか――」

「はい、師匠！」

俺の言葉を聞いて、アリスが魔法を詠唱する。

「荒れ狂う火の精よ、地獄の業火となりて敵を焼け！」

『フレア！』

炎＋炎＋炎のトリプル・スペル。

かなりの威力を誇る魔法であったが、

「駄目か」

「なるほど、あの瘴気にかき消されてしまってますね」

エドワードの周囲を吹き荒れる瘴気が、術の効果をかき消してしまうようだ。

特にダメージを与えられている様子はない。

それどころかエドワードが生み出した瘴気に包まれたエリアは、今も周囲に広がり続けている。

「これは――まずいな」

聞くところによれば、結界の外側――魔界は瘴気に満ちているという。

それならさしずめエドワードの能力は、小さな魔界を生成する能力といったところか。

瘴気の中で、モンスターはより活性化する。早く対処しないと、それこそ城下町を襲っているモンスターの元まで瘴気が行き渡れば、大変なことになるだろう。

モンスターの脅威の区分に当てはめるなら、こいつは文句ないしで災厄級――最も危険なモンスターであるとカテゴライズされることだろう。

「な、何ですかあれ？」

「あいつ……、モンスターを生み出しているのか？」

更にエドワードは、恐るべき習性を持っていることがわかった。

ぼこり、ぼこり。

ヘドロ状のモンスターを生み出し始めたのだ。

それは潤沢な瘴気を吸い込み、みるみるうちに脅威度の高いモンスターへと変貌していく。

「うげえ、気持ち悪いのです……」

「このっ！　このっ！」

アリスが火の玉を放って、ぼこぼこと生まれているモンスターを焼き払う。

それでも瘴気で攻撃の通りが悪いのがネックになった。

エドワードが生み出すモンスターはたちまち数を増やし、地面を埋め尽くそうとしていた。

「翠のマナよ――穿て！　ウィンドカッター！」

「火の礫となりて、敵を撃ち抜け――ファイアボール！」

風の魔法を使えば、生み出される瘴気を吹き飛ばすことはできる。

その隙をつけば、攻撃が通らない訳ではないのだ。

けれども削った部位は、ぼこりと生えてきてすぐに回復されてしまう。

「はっはっは、何をしても無駄だぁ！　大人しく死ねぇ！」

エドワードが、そう俺たちを嘲笑った。

「エドワードのモンスター形態――よもや、これほどまでとはな」

特に近接戦闘を得意とするプリシラとは、相性は最悪と言っていいだろう。

攻撃するために近づけば、瘴気を吸い込んでそのままお陀仏だ。

――生み出される瘴気が、攻防一体の役割を果たしているのが本当に厄介だ。

――どうしても、攻撃の手が足りなくなってしまう。

どうするか悩んでいると、

「要は、瘴気が払えればいいんだな」

そう口を開いたのは、ダニエルだ。

「ああ、そうだが――」

「ならそれは、俺がどうにかしよう」

「ダニエル、瘴気をどうにかできるのか？」

ガバッと振り返ってしまう。

「ああ、今まではまったく使い所がなかったけどな……」

勇者のジョブ――それはモンスターに抗うためのジョブだ。

そのスキルの中には、破邪刃（はじゃじん）という瘴気を浄化するためのスキルが存在した。

幸か不幸か、結界により守られており出番がなかったそのスキルは、今、ようやく日の目を浴びようとしている。

「ここからエドワードまで、どうにか瘴気を払えるか？」

「やってみないとわからないが、恐らくは――」

ダニエルが、静かに考え込む。

「一番確実なのは、ここから飛び降りて上空から破邪刃で斬りかかることだな。問題はそんなことをしたら、そのまま落下死待ったなしってところだが……」

「わかった。俺も一緒に降りよう。減速ぐらいならできる」

「できるのかよ⁉」

風のマナをふんだんに使えば、一応、空を飛ぶこともできる。

もっとも人を抱えてとなると、うまくいくかは未知数だけどな。

「それで瘴気はどうにかなるとして――」

「どうにか一撃でエドワードを倒せないと、元通りですからね」

瘴気をかいくぐってエドワードにもとにたどり着いたとして。

それからエドワードの奴を、一撃で葬れる威力を持つ魔法をぶつける必要がある。

「そこは、やっぱり俺の役割だろうな」

「師匠？」

「それとアリスにも手伝いをお願いしたい」

「――はい！」

俺は、ある作戦を思いついていた。

そしてその作戦は、最後の止めにどうしても二人以上の魔術師が必要で――もっとも頼れるアリスに頼みたいと思ったのだ。

「その作戦は――」


そうして、ついに作戦を結構に移すときが来た。

先陣を切るのは、俺とダニエルだ。

「ダニエル、準備はいいか？」

「ああ――まさか俺が、こんな重要な役割を任されるなんてな」

「頼りにしてるぞ、勇者」

そんな軽口を叩きあい、俺たちは上空を滑空するドラゴンから飛び降りる。

「はっはっは、馬鹿め！　やけになったか？」

「違う。これはおまえを倒すためだ――破邪刃！」

「な――それは、勇者のスキル……！」

エドワードの顔に、初めて動揺が広がった。

「エドワード、おまえが散々馬鹿にしてきたダニエルにやられるんだ。その気分はどうだ?」

「ほざけっ！　一時的に瘴気が払われるぐらい、どうということはない！」

ダニエルは飛び降りながら破邪刃を放つ。

落下の軌跡にそって瘴気を切り裂き、浄化跡の道を生み出していく。

「貴様らこそ、その距離から落ちたら助かるまい——呆気ない幕切れだったな！」

「その距離から落ちたら、何だって?」

俺は翠のマナを操り、ふわりと地面に着地する。

「これで終わりだ、エドワード！」

それから俺は、集めていた蒼のマナをエドワードに向かって解き放つ。

それは師匠との模擬戦で見せてもらった凍結魔法と同質のもの。

瞬間的にエドワードを凍らせ——、

「はっはっは、無駄だ！　凍りついたぐらいでは、この体はびくともしない！」

「いや、もう終わりだよ。やれ、アリス！」

「はい、師匠！　制御はお願いします！」

——古の時代より蘇りし大気を揺るがす竜巻よ——飲み込め！

『フィアブル・ハリケーン』

発動したのは、風+風+水——のトリプル・スペル。

発動場所は、凍りついたエドワード——そこにあったマナは、全て使い切っていた。

すなわちマナ不足の状況下での強引な魔法詠唱。

そうなれば何が起きるかは、エルスタシアで実証済。

――魔法が、暴走する。

「ぐ、ぐぅああああああ!?」

吹き荒れる暴風が、エドワードの凍りついた肉体を粉々に砕いていく。

俺は飛んできた破片を、念のために炎で焼き払っていく。

「貴様ら、許さん、許さんぞ――」

エドワードが、苦悶の表情で断末魔の悲鳴をあげる。

「これで勝ったと思うな。我ら魔族は不滅――必ずや我らの同胞が結界を打ち破り、我が同胞の悲願を達成してくれるだろう!!」

そんな不穏な言葉を最後に。

エドワードはその肉体を粉々に砕かれ、息絶えるのだった。

首謀者であるエドワードを倒したことで、王宮を襲っていたモンスターたちは散り散りになって逃走を開始した。
冒険者たちは、これを深入りする必要はないと判断。

周囲に居た生き残りのモンスターの掃討作業は続けるものの、基本的にこの緊急クエストは解決済として扱われることとなった。

そうして未曾有のモンスター襲撃事件は、決着を迎えたのであった。

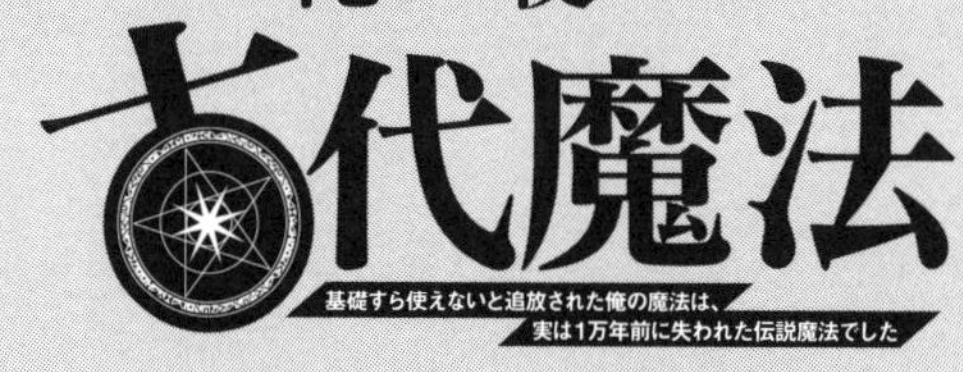
俺だけ使える
古代魔法
基礎すら使えないと追放された俺の魔法は、
実は1万年前に失われた伝説魔法でした

エピローグ

エピローグ

エドワードによる王宮襲撃事件から、二週間が経過した。

誰もが後処理に追われていたが、ようやく平穏な日常が戻ってきつつある。

そんなある日の昼下がりのこと。


「エマ～、このままモンターニャに残るのじゃ～」

——俺の研究室で、だらしない格好をしたプリシラがエマに泣きついていた。

万が一、結界に何かがあった場合に備えてついてきたエマ。どうにかエドワードの凶行を防ぐことができたため、エマは暇を持て余していたのだ。

そんな中、エマはプリシラの呪い（不老不死の呪い）を解呪できないかいろいろと試していた。

その過程でかけられた回復魔法を、プリシラがいたく気に入ってしまったのである。

「というかプリシラ、回復魔法を疲労回復効果として使うなよ」

「そうです。回復魔法の常習化は、いざというときに回復魔法の効果の低下を招きます——もう。本当は駄目なんですからね」

「こらこら、そうやってエマはプリシラを甘やかすな……」

俺の言葉に、エマはくすりと苦笑する。

以前に比べると、エマは随分と表情が穏やかになったと思う。

「オリオンさんとも、これでお別れなんですね」

「な～に、アリスに飛ばしてもらえば一週間で往復できる距離さ。結界についての情報交換も必要なんだ——また、すぐに会えるさ」

しんみりした空気を振り払うように、俺はそう言う。

「そうですね。その……、結界にかかわらず、たまにはエルスタシアに遊びに——」

エマが、そう何かを言いかけたとき、

「師匠～！　新記録、出ました！　一一七秒です！」

「お姉さまの新魔法ずるいのです」

「結局、私も毎回付き合わされるのね……」

バーンと扉が開いて、そんなことを言いながらアリスたちが飛び込んできた。

アリスの勇姿を楽しそうに語るユリアと、何かを諦めた様子のエミリーも一緒である。

「新記録？　えっと、何の話ですか？」

「ああ。日課のドラゴン狩りだな——」

「…………へ？」

目が点になるエマ。

その反応は、よくわかる。

――アリスたちは、ついにドラゴンのソロ狩りに成功したのである。

それは以前、弟子入り試験と称した無茶振りそのものであったが。

天才少女ことアリスは、ついに本当に成し遂げてしまったのである。

そうして次に何を始めたかというと……、

「急ぎすぎて、危険に身を晒すようなことはするなよ」

「えへへ、わかってます。動きを最適化して、術式をもっと研ぎ澄ませて――師匠、ドラゴン相手の訓練って本当に楽しいですね」

――ドラゴンソロ狩りのタイムアタックである。

初めて聞いたときは、何してるんだ……？　と本気で正気を疑ったものだが……、

（まあ、本人が楽しそうだから良いか）

なんて思考停止した俺である。


――研究室の中は、今日も賑やかだった。

プリシラとエドワードが言うとおり、きっと過酷な戦いがこの先も待ち受けているのだろう。

それでもこのメンバーなら、きっと何が相手でも乗り越えられる。

俺は、そう確信を深めるのだった。

《了》

あとがき

お久しぶりです、作者のアトハです。

このたびは「俺だけ使える古代魔法」の二巻をお読みいただき、ありがとうございます。


さて、本作の二巻、完全な書き下ろしとなっています。

とはいっても一巻も大幅に書き直し、ほぼ原型が残らないレベルではあったのですが……。二巻については、完全にウェブにはないオリジナルな新展開となっています。

より力の入った内容になっておりますので、立ち読み中という方は、ぜひぜひレジまで持って行ってくださると嬉しいです。


さて、二巻の内容をひと言でいえば、一巻での因縁に決着がつく巻と言えるでしょうか。

追放してきた勇者・ダニエルとオリオンの因縁。それから、ダニエルとその師であるエドワードとの間にある因縁。それだけでなく、新たに主人公の前に現れた謎のケモミミ少女や、エルフの少女――彼女たち新ヒロインにも要注目です。

それぞれの因縁を越えた先に、彼らがどのような道を歩み始めるのか、ぜひとも見届けてくださると嬉しいです。

最後になりましたが謝辞を。

まずは本作を買ってくださった読者様に最大限の感謝を。

皆さまのおかげで、こうして二巻を出せました。楽しい！　面白い！　と思っていただけたなら、作者としてこの上ない喜びです。

担当のK様、一巻に引き続き丁寧な編集作業をありがとうございます。

イラストレーターの片倉響様、素晴らしいイラストをありがとうございます。新規キャラも多かったのですが、どのキャラもイメージどおりの仕上がりで感動しました、ありがとうございます。

それでは、本作の続刊や別の作品で会えることを願いつつ。

二〇二三年六月　アトハ

転生貴族の異世界冒険録
～カインのやりすぎギルド日記～
原作：夜州
漫画：香本セトラ
キャラクター原案：藻
レベル1の最強賢者
原作：木塚麻弥
漫画：かん奈
キャラクター原案：水季
我輩は猫魔導師である
原作：猫神信仰研究会
漫画：三國大和
キャラクター原案：ハム

唯一無二の最強テイマー
～国の全てのギルドで門前払いされたから、
他国に行ってスローライフします～
原作：赤金武蔵　漫画：田村紘一
キャラクター原案：LLLthika
異世界還りのおっさんは
終末世界で無双する
原作：羽々音色　漫画：ダンタガワ
処刑された聖女は
死霊となって舞い戻る
原作：緒二葉　漫画：蚊
キャラクター原案：みなせなぎ

俺だけ使える古代魔法2
～基礎すら使えないと追放された俺の魔法は、実は1万年前に失われた伝説魔法でした～

発　行
2023年8月9日　初版発行

著　者
アトハ

発行人
山崎　篤

発行・発売
株式会社一二三書房
〒101-0003　東京都千代田区一ツ橋2-4-3 光文恒産ビル
03-3265-1881

編集協力
株式会社パルプライド

印　刷
中央精版印刷株式会社

作品の感想、ファンレターをお待ちしております。
〒101-0003　東京都千代田区一ツ橋2-4-3 光文恒産ビル
株式会社一二三書房
アトハ 先生／片倉響 先生

Printed in Japan, ISBN 978-4-8242-0013-6 C0093
※本書は小説投稿サイト「小説家になろう」（https://syosetu.com/）に
掲載された作品を加筆修正し書籍化したものです。